Anni Deckner

Barfuß am Strand

Die Autorin

Anni Deckner, geboren 1961 in Winnert bei Husum, lebt mit ihrer Familie in Hanerau-Hademarschen. Ihre Liebe zur »Grauen Stadt am Meer« kann man in ihren Werken spüren. Die kreative Luft des Nord-Ostsee-Kanals inspiriert die Autorin genau wie damals den berühmten Dichter Theodor Storm, der an diesem Ort seinen Schimmelreiter zu Papier brachte. Ihre Leidenschaft zum Schreiben entwickelte sich schon in früher Jugend, ihr erstes Buch »Heimathafen Husum« erschien jedoch erst im März 2014, gefolgt von »Knocking Out« 2015. In ihrer Freizeit geht die Autorin gern mit ihrem Mann auf Reisen. Ihr Beruf und gleichzeitig Berufung ist ihre Arbeit bei der Kirchengemeinde Hanerau-Hademarschen.

Das Buch

Liebe, Strand und Inselglück

Eigentlich steht Barbara mit beiden Füßen fest im Leben. Doch nach der Trennung von ihrem Mann braucht sie dringend eine Auszeit. Kurzentschlossen reist die angesehene Richterin zur Verwandtschaft nach Sylt. Auf der Insel angekommen begegnet ihr der lebensfrohe Straßenmaler Peter, der sie mit seinem Charme sofort in seinen Bann zieht. Doch Peters unbekümmerte Art passt so gar nicht in Barbaras geordnetes Leben. Als wäre das nicht schon schwierig genug, trifft sie bei einem Strandspaziergang auch noch eine alte Freundin, die kurz davor steht, den größten Fehler ihres Lebens zu begehen. Vorbei ist es mit der Urlaubsidylle. Barbara lässt alles stehen und liegen und eilt der Freundin zur Hilfe. Ein Inselroman über Liebe, Freundschaft und den manchmal steinigen Weg zum Glück.

Von Anni Deckner sind bei Forever erschienen:

Barfuß am Strand

Leuchtturmtage

Die Sehnsucht der Inselärztin

Friesenglück

Anni Deckner

Barfuß am Strand

Ein Sylt-Roman

FOREVER

MIX
Papier aus verantwortungsvollen Quellen
FSC® C083411
www.fsc.org

Originalausgabe bei Forever
Forever ist ein Digitalverlag
der Ullstein Buchverlage GmbH, Berlin November 2017

Umschlaggestaltung: ZERO Werbeagentur, München
Titelabbildung: © FinePic®
Autorenfoto: © privat
Satz: Pinkuin Satz und Datentechnik, Berlin
Druck- und Bindearbeiten: CPI books GmbH, Leck
ISBN 978-3-95818-917-1

Urlaub

»Mensch, Babs, gib dir einen Ruck und besuch uns mal wieder auf der Insel. Du kannst nicht ewig um deinen Ex trauern. Der macht sich ein schönes Leben und du verkriechst dich. Ich finde das ungerecht. Zeig ihm, wie gut du ohne ihn klarkommst.«

Saskia hatte wie immer recht, schließlich war Sylt meine zweite Heimat.

»Ich überlege es mir noch mal. Was gibt es für Neuigkeiten auf der Insel?«, lenkte ich die Diskussionen in eine andere Richtung.

»Inselklatsch eben. Mach dir am besten selbst ein Bild davon«. Saskia war es gelungen, eine neue Fährte auszulegen. Ich hütete mich davor, darauf einzugehen.

»Saskia, ich muss Schluss machen. Ich will meinen Schreibtisch noch zum Feierabend aufräumen.«

»Du bist doch sonst nicht so ordentlich«, forschte Saskia nach. Ich schmunzelte. Wenn ich ihr erzählte, dass ich einige Tage Urlaub hatte, würde sie weiter auf mich einreden, und dazu hatte ich keine Lust.

»Stimmt, aber es wird mal wieder Zeit.« Lachend beendete ich unser Gespräch.

Mit schnellen Handgriffen ließ ich meine Akten in die Schubladen verschwinden und verließ das dunkle Amtsgericht. Die frische Luft und die Sonne taten mir gut. Kurzentschlossen ging ich zu Fuß in die Husumer Innenstadt, um mir einen Cappuccino zu gönnen. Die Auszeit am Hafen sollte den Beginn meiner Urlaubstage einläuten.

Als ich über den Marktplatz ging, fiel mir ein Mann auf, der sich lässig unter den wachsamen Augen der Tine lümmelte. Husums Wahrzeichen war stets ein Anziehungspunkt, für Touristen und Einheimische gleichermaßen. Ich spürte, dass seine Blicke mir folgten. Da ich mich unwohl fühlte, ging ich schneller und verschwand in die Krämerstraße. Dort, am Schaufenster des Schuhgeschäftes, erblickte ich meine Freundin Rosa. Sie starrte die Auslagen an und wirkte verstört. Ich vermutete, dass mal wieder Liebeskummer dahintersteckte.

»Rosa? Alles in Ordnung?«

»Nee«, sagte sie, ohne mich anzusehen. Sanft drehte ich sie zu mir. Tränen hatten eine Spur über ihr schönes Gesicht gezeichnet, die verlaufene Wimperntusche ließ sie wie ein Koalabär aussehen. Besorgt nahm ich sie schnell in die Arme.

»Rosa, du weinst?« Mit meiner Vermutung, ihr Freund könnte etwas mit ihren Tränen zu tun haben, lag ich tatsächlich richtig.

»Er hat 'ne andere«, schniefte sie empört.

»Aber Rosa, wie kommst du darauf? Komm, begleite mich doch zum Hafen, zur Eisdiele …«

»Eis ist auch keine Lösung, das hat meine Mutter schon versucht.« Jetzt wurde sie auch noch trotzig.

»Du musst ja auch keins essen. Ich dachte eher an einen Cappuccino und ein Gespräch in Ruhe. Nun komm.«

Ich zog Rosa einfach mit. Wir ergatterten einen schönen Tisch in der Ecke der Terrasse. Rosa ließ sich auf einen Stuhl fallen und schmollte. Ich verdrehte die Augen. Rosas Probleme mit Leo wiederholten sich im zuverlässigen Rhythmus. Aus einer frustrierten Rosa wurde meistens, ohne erkennbaren Grund, eine neu verliebte. Daher fehlte mir der nötige Ernst bei der Sache. Ich grinste sie an.

»Doch ein Eis? Wenn ich mir die Karte anschaue, läuft mir

das Wasser im Mund zusammen. Ich nehme einen Erdbeerbecher.«

»Ich auch«, schniefte Rosa, ohne ihren gesenkten Kopf zu heben. Na also, der Anfang war gemacht. Ich lächelte vor mich hin. Etwas entspannter streckte ich mich auf meinem Stuhl aus und sah auf den Hafen. Im Sommer war die Straße ausschließlich Fußgängern überlassen. Die autofreie Zone war ein Juwel der Erholung.

Plötzlich stockte mir der Atem. Der Sonnenanbeter von der Tine. Er schlenderte an uns vorbei und lächelte mich an. Hatte er mich verfolgt? Verunsichert nahm ich mein Eis entgegen und ließ meinen Blick dabei auf der Straße, um den Mann genauer zu betrachten. Ging Gefahr von ihm aus? Ich lebte alleine in Schobüll. Würde er mich auch dorthin verfolgen?

»Barbara, wo bist du mit deinen Gedanken? Ich dachte, du wolltest mir zuhören.« Rosas Piepsstimme drang an meine Ohren. Ich konnte mir nicht erklären, warum ich den Blick nicht von diesem Mann lösen konnte. Verwirrt zwang ich mich, Rosa meine volle Aufmerksamkeit zu widmen. Mir fiel auf, dass er keine Schuhe trug.

Verflixt, er sah sich noch einmal zu mir um. Erneut lächelte er mir zu. Eine leichte Gänsehaut eroberte meinen Körper. So offensichtliche Flirtangriffe war ich nicht gewohnt. Vielleicht war das auch der Grund, dass dieses Misstrauen in mir aufstieg. Ich angelte mit den Fingern eine Erdbeere aus dem übergroßen Eisbecher. Sie gelangte allerdings nicht in meinen Mund, sondern kullerte erbarmungslos über meine weiße Bluse. Dies hatte zur Folge, dass Rosa mich angrinste. Wenn ein Fleck auf meiner Bluse zur Belustigung Rosas beitrug, wollte ich mein Missgeschick nicht so tragisch nehmen. Verstohlen versuchte ich, die roten Flecken zu verreiben, mit wenig Erfolg. Gut, dann musste ich wohl oder übel später bekleckert durch Husums Straßen zurück zum Auto gehen.

»Erzähl, Rosa, was ist überhaupt vorgefallen?«

Rosa wurde von einer SMS aus ihrer Lethargie gerissen. Mit einem freudigen Lächeln öffnete sie ihre Nachricht. Dabei rutschte sie auf ihrem Stuhl hin und her, zupfte an ihrer Frisur und sprang auf.

»Och, nix ... Du, ich bin mit Leo verabredet. Können wir unser Treffen auf ein anderes Mal verschieben?« Eilig hauchte sie mir einen Kuss zu und zog mit erhobenem Kopf los.

»Ähm, Rosa, dein Eis ...«

»Kannst du haben«, rief sie mir gönnerhaft zu und nahm die Beine in die Hand. Eigentlich kannte ich dieses Auf und Ab von Rosa zu Genüge. Aber dieses Mal ärgerte es mich, dass die Stimmungen meiner Freundin Bäumchen wechsle dich spielten.

Seufzend kümmerte ich mich um mein Eis. Rosa und Julia waren schon viele Jahre meine Freundinnen. Nach der Trennung von meinem Mann waren sie eine große Stütze gewesen. Mit organisierten Ablenkungstaktiken waren sie mit mir um die Häuser gezogen und hatten mir damit geholfen, langsam wieder in die Spur zu gelangen.

Oh mein Gott, der Mann kam zurück. Schnell hob ich die Eiskarte vor mein Gesicht. Ein Schatten, der mir die Sonne nahm. Zögerlich blickte ich an meinem Sichtschutz vorbei. Schnell musste ich mich wieder verbergen. Zu spät.

»Da hast du dir aber viel vorgenommen, so viel Eis! Darf ich beim Vernichten helfen?«

Mit großen Augen legte ich die Karte weg.

»Darf ich?«

Er zeigte auf den freien Stuhl. Ohne eine Antwort abzuwarten, setzte er sich. Unverschämtheit. Nun begann er in aller Seelenruhe Rosas Eis zu verzehren. Dabei ließ er mich nicht aus den Augen.

»Paulo, die Rechnung bitte, ich möchte gehen«, versuchte ich, der Situation zu entkommen. Paulo, der uns von Weitem schon unter Beobachtung hatte, eilte sofort herbei.

»Geht aufs Haus, Señora, bis zum nächsten Mal.« Mit einer leichten Verbeugung zog er sich zurück.

»Vielen Dank, Paulo«, rief ich ihm nach und stand unvermittelt auf. »Bitte, verfolgen Sie mich nicht weiter. Ich steh da nicht drauf.« Ich warf dem unbekannten Reste-Esser einen warnenden Blick zu und verließ den Tisch. Zu meinem Pech kippte ich dabei auch noch die Blumenvase um. Das Blumenwasser ergoss sich über die Jeans meines Verfolgers. Er blieb unberührt sitzen und grinste mich an.

»Entschuldigung, ich bin sonst nicht so aufdringlich. Ich hoffe, dir nicht den Tag verdorben zu haben. Darf ich dich wiedersehen?«

»Ja, ja, guten Appetit weiterhin.« Mit zitternden Knien verließ ich die Terrasse des Cafés. Ich machte noch einen Abstecher zur Wohnung meiner Mutter, Käthe. Zielstrebig ging ich um den Hafen herum zum Zingel. Der Türsummer ertönte sofort nach meinem Klingeln. Ich nahm zwei Stufen auf einmal und kam außer Atem oben bei Muddi an. Erstaunt öffnete sie mir die Tür.

»Was hat dich denn so atemlos gemacht? Komm rein, ich habe aber nicht viel Zeit.« Sie begrüße mich trotzdem liebevoll.

»Ich wollte auch nur schauen, wie es dir so geht«, sagte ich gedehnt. Skeptisch warf sie mir Blicke zu.

»Mir geht es gut. Aber ist bei dir alles okay?«

»Klar, was soll denn sein? Ich habe Urlaub und werde es genießen«, antwortete ich betont locker.

»Hach, das ist prima. Ich will Elsa übermorgen auf Sylt besuchen. Nur einen Tag, ich fahre mit dem letzten Zug zurück. Willst du mich nicht begleiten?«

Schon wieder das Thema Sylt. Langsam hatte ich den Verdacht, dass alle ein Komplott geschmiedet hatten, um mich auf die Insel zu locken.

»Ich weiß nicht, Muddi.« Ratlos sah ich sie an.

»Ich würde mich so freuen, Kind. Du weißt doch, ich reise nicht gerne allein.«

»Mal schauen, eine Überlegung wäre es natürlich wert.«

»Siehst du.« Muddi strahlte mich erwartungsvoll an. »Ich muss los, Babs. Ruf mich doch an, wenn du es dir *gut* überlegt hast.« Das *gut* betone Käthe eindringlich. Als ob ich Schaden nehmen könnte, wenn ich nicht mitfuhr. Fast fühlte ich mich gezwungen, und das wollte ich mir nicht gefallen lassen. Der traditionelle Mutter-Tochter-Disput stand mal wieder zwischen uns, den ich jedoch, je älter ich wurde, mit Humor nahm.

Käthe setzte ihren Hut auf und griff zu ihren Haustürschlüsseln. Sie knuddelte mich überschwänglich, um dann zur Tür zu tippeln.

»Tut mir leid, Kind, aber ich bin in Eile. Zieh einfach die Tür ins Schloss, wenn du gehst.«

Ich öffnete den Mund, um noch etwas zu erwidern, da war sie auch schon verschwunden. Ich blieb allein zurück. Ich blickte mich in ihrer sauberen, aufgeräumten Wohnung um. Käthe liebte kleine Porzellanfiguren, die sie zielsicher verteilt hatte. Hier schaute mich ein Frosch an, dort eine filigrane Elfe. Das helle Sofa bildete den Mittelpunkt des Wohnzimmers, die Küche war mit einem großen Tresen vom Wohnraum getrennt. Hier saßen wir oft zusammen, um uns die Neuigkeiten der Woche zu berichten.

Obwohl ich alles kannte, schlich ich neugierig durch die Räume. Im Bad lag noch ihr Parfüm in der Luft. Sie musste es wirklich eilig gehabt haben, denn sie hatte ihre Bürste achtlos im Waschbecken liegen lassen. Für die Verhältnisse meiner Mutter war dies schon schlampig. Ich lächelte und strich mit den Fingern über den Waschtisch. Im Esszimmer standen stets frische Blumen. Liebevoll geordnet und meistens in leuchtend bunten Farben.

Ich ging zurück ins Wohnzimmer und nahm auf dem Sofa

Platz. Planlos blätterte ich in einer Frauenzeitschrift. Beherzt legte ich sie wieder zurück auf den Tisch und beschloss aus einer Eingebung heraus, meine Mutter zur Insel zu begleiten. Ich freute mich sogar darauf.

Käthe

»Beeil dich, wir kommen zu spät.« Ich musste meine Mutter antreiben, wenn wir nicht den Zug verpassen wollten. Nicht, weil sie uralt gewesen wäre, oder tüttelig, nein, sie hatte die Ruhe weg.

»Nu mal langsam, Kindchen, wir kommen bestimmt rechtzeitig zum Bahnhof. Du weißt, ich mag diese Hetze nicht. Das verdirbt einem den ganzen Tag.« Sorgfältig zog Muddi ihren Lippenstift nach. Sie neigte sich weit über den Waschtisch, um möglichst nah an den Spiegel zu gelangen. Meine Mutter hätte längst einen Vergrößerungsspiegel benötigt, aber sie duldete keinen in ihrem Bad. Dazu war sie viel zu eitel.

Meine Freundinnen, Julia und Rosa, hatten mir zu meinem fünfzigsten Geburtstag einen geschenkt. Ich musste ihn benutzen, ob ich wollte oder nicht. Die handwerklich begabten Mädels hatten ihn eigenhändig montiert. Selbstverständlich im Sichtfeld meiner Morgentoilette. Jeder Pickel, war er auch noch so klein, wurde unweigerlich von mir begrüßt. Ich konnte gut verstehen, dass Käthe so ein Ungetüm nicht in ihrem Badezimmer duldete.

Endlich war Muddi fertig. Sie nahm ihre beige Handtasche und stülpte sie über ihren dünnen Arm. Sie lächelte mich an und ließ ihre weißen Dritten glänzen. Muddis Augen leuchteten mit ihnen um die Wette.

»Babs, ich bin so weit. Unser Ausflug kann beginnen. Ach, warte, ich geh noch mal schnell zur Toilette. Man weiß ja nie …« Kichernd tippelte sie zurück ins Bad.

Meine Ungeduld wuchs. Der Husumer Bahnhof war zwar nicht weit vom Zingel entfernt – die kleine Wohnung meiner Mutter lag zentral in der Husumer Innenstadt –, aber fliegen konnten wir nicht. Immerhin war es meine Mutter gewesen, die den Wunsch hegte, mit mir nach Sylt zu fahren, um ihre Schwester zu besuchen. Somit lag es in ihrem Interesse, pünktlich anzukommen. Tante Elsa hatte einen Kuchen gebacken, den sich Käthe nicht entgehen lassen würde. Ich freute mich riesig, dass Muddi mich überredet hatte, sie zu begleiten. Lange hatte ich Sylt gemieden. Die Trennung von meinem Mann konnte ich nur schwer verarbeiten, und ich brauchte diesen Abstand, weil ich fürchtete, dass mich die Erinnerungen sonst überwältigen würden. Ich ahnte jedoch nicht, wie nachhaltig dieser Ausflug mein Leben verändern würde.

»Musst du auch noch mal?«, rief Muddi beim Händewaschen in den Flur. Ich verdrehte die Augen. Die Zeiten hatten wir zum Glück hinter uns.

»Mama, ich bin einundfünfzig Jahre alt, da weiß ich alleine, wann es so weit ist.« Ich war stolz, mich behauptet zu haben. Aber meine liebe Mutter wusste es besser.

»Eben! Da fing es bei mir auch an, in der Blase enger zu werden. Ich weiß, wovon ich spreche.«

Ich stöhnte auf. Am liebsten hätte ich sie allein in den Zug gesetzt. Mein Bedarf an trauter Familie war bereits am frühen Morgen gedeckt.

»Komm endlich, Käthe, ich habe keine Lust, nur noch die Schlusslichter des Zuges zu sehen.«

Käthe gluckste, verkniff sich jedoch einen weiteren Kommentar. Sie wusste meistens genau, wann das Maß voll war. An einem so schönen Tag wollte sie nicht mit mir streiten. Ungeschickt tätschelte sie mir die Schulter.

Ich ging vor, auf den Hausflur. Als ich mich umdrehte, schleppte Muddi einen großen Weidenkorb hinter sich her. Mir schwante nichts Gutes.

»Ich habe uns Schnitten gemacht und etwas zu trinken eingepackt.« Unschuldig sah sie mich an. Seufzend nahm ich den Korb entgegen. Er war so schwer, dass ich Backsteine darin vermutete.

»Will Tante Elsa ihren Wintergarten erweitern?«

»Woher soll ich das denn wissen«, flötete meine Muddi. »Wir haben nur das Nötigste am Telefon besprochen. Hat sie dir etwas gesagt?« Käthe blieb mit offenem Mund stehen. Ich musste lachen, klimpernd und scheppernd hob ich den Korb etwas höher, um ihn besser tragen zu können. Vergeblich. Meine Arme gaben unter dem Gewicht einfach nach. Auf der Straße fragte meine Mutter, wo ich mein Auto geparkt hätte.

»Zu Hause, ich bin mit dem Taxi gekommen. Ich möchte mein Auto nicht den ganzen Tag unbeaufsichtigt am Bahnhof stehen lassen. Hätte ich gewusst, dass du deinen ganzen Haushalt mitnimmst, hätten wir den Autozug genommen.«

Meine Mutter rollte mit den Augen.

»Ja, aber Kind, dann hätte ich doch nicht so viel eingepackt.« Plötzlich erhellte sich ihr Gesicht. »Autozug? Das wäre toll! Ich bin noch nie mit dem Sylt-Shuttle gefahren.« Voller Erwartung sah sie an mir hoch. Energisch schüttelte ich den Kopf.

»Nein, Mama, das machen wir heute nicht.«

Es gelang ihr nicht, ihre Enttäuschung vor mir zu verbergen. Sie schob trotzig die Unterlippe vor und zwinkerte mich an. Ein Versuch, mich umzustimmen. Ich musste lachen. Wer war hier eigentlich das Kind? Käthe war mit ihren fünfundsiebzig Jahren immer noch sehr flott unterwegs. Sie war modisch interessiert und achtete stets auf ihr Äußeres. Ihr Tuch musste immer zum Lippenstift passen, und überhaupt, ohne rote Lippen ging sie nie aus dem Haus.

»Also los, Muddi, wir fahren mit dem Zug, der hier in Husum hält. Basta!« Ich setzte mich mit meiner schweren Last in Bewegung und achtete nicht mehr darauf, ob Käthe mir folgte. Irgendwann hörte ich sie hinter mir schnauben, offensichtlich lief ich zu schnell. Ungerührt setzte ich meinen Weg fort. Schließlich wollte ich meine schwere Last so schnell wie möglich wieder loswerden.

Zugfahrt zur Insel

Als wir den Bahnhof glücklich erreicht hatten, blieben uns noch fünf Minuten, um unser Abteil aufzusuchen. Eilig liefen wir durch die Bahnhofshalle, um am Gleis drei die Treppen zu erklimmen. Erstaunlicherweise ließ Käthe sich nicht mehr abhängen. So kurz vor dem Ziel wollte sie nicht riskieren, alleine zurückzubleiben. Ein Schaffner war so freundlich, mir den Korb abzunehmen. Er hatte dem Anschein nach Mitleid mit mir. Das brauchte ich auch, denn Käthe gab gleich wieder einen Spruch zum Besten.

»Sie ist übrigens Single.« Muddi zeigte mit dem Finger auf mich und nickte eifrig, damit der nette Schaffner sie auch verstand.

»Mama! Du kommst ins Heim, ich schwöre es.« Lauter, als ich es wollte, schallten meine Drohungen über den langen Bahnsteig. Einige Passagiere steckten die Köpfe aus ihren Abteilfenstern. Ein leichtes Unbehagen beschlich mich unter den fremden Blicken. Schnell stieg ich ein.

Käthe bekam gerade noch ihren Rock durch die Tür, bevor diese zuknallte. Der freundliche Schaffner hatte mir mit einem mitleidigen Blick den schweren Korb zurückgegeben. Nun hing die Last erneut an meinem Arm und drohte, mich gänzlich zu Boden zu ziehen. Mühevoll schob ich mich durch die Türen des Zuges, bis wir unser Abteil erreicht hatten.

Muddi hatte auf ein Erste-Klasse-Abteil bestanden, selbstverständlich mit Platzreservierung. Schwer atmend standen wir vor unserem gebuchten Abteil. Mit letzter Kraft zog ich die Tür auf und wuchtete den Korb auf einen Sitz. Käthe hatte sich schnell durch die Tür gezwängt, bevor sie mit einem lauten Knall wieder zuflog. Ihr Rock hatte nicht so viel Glück. Er blieb in der Tür hängen und gab ein klägliches Geräusch von sich, dicht gefolgt von Käthes markerschütterndem Aufschrei.

»Kindchen, pass doch auf, ich komme doch auch noch. Warum hältst du die Tür denn nicht fest?« Käthes makelloses Make-up drohte zu bröckeln, ihr böses Gesicht schob die Falten in alle Richtungen. Ihre Ruhe und Gelassenheit waren dahin. Mit geschlitzten Augen funkelte sie mich an. Ich fühlte mich unweigerlich in meine Kindheit versetzt, wobei Käthe immer nur böse wurde, wenn ich den letzten Kuchen verputzt hatte und sie sich auch auf ein Stück gefreut hätte. In Sachen Kuchen und Torten waren wir die größten Konkurrentinnen.

»Mutter, jetzt reicht es aber wirklich. Ich steige gleich wieder aus«, drohte ich ihr und meinte es auch so. Ihre Gesichtszüge entspannten sich schlagartig. Ihr war schon klar, dass sie wieder einmal weit übers Ziel hinausgeschossen war. Meine Geduld war endgültig zu Ende.

»Hach, der Zug rollt schon, da musst du bist zur nächsten Haltestelle warten.« Triumphierend hob sie ihr Kinn und wies damit zum Fenster. Käthe war sich ihres Sieges sicher.

»Du glaubst doch nicht, dass ich damit ein Problem habe«, stieß ich immer noch wütend hervor. Ich hätte meine freien Tage wirklich besser gestalten können. Mir reichte es endgültig. Selbst Käthe sollte das nun verstanden haben, denn ich nahm meine Handtasche, schob mich an einer verblüfft dreinschauenden Muddi vorbei und verließ das Abteil.

Draußen auf dem Gang zog ich hörbar die Luft ein. Mein Herz schlug bis zum Hals. Ich versuchte mich zu beruhigen, während ich mich nach einem anderen Abteil umsah. Ich würde in Hattstedt aussteigen und mir ein Taxi zurück nach Schobüll rufen. Meine guten Vorsätze ließen mich ruhiger werden. Abermals schob ich eine Abteiltür auf und schlüpfte hinein. Ein aufdringlicher Geruch schlug mir entgegen. Ein älterer Herr mit Nickelbrille saß am Fenster und vertilgte genüsslich ein Fischbrötchen, welches mit größter Wahrscheinlichkeit schon bessere Tage gesehen hatte. Das störte den Mann offensichtlich nicht die Bohne. Durch den Knall der Schiebetür aufmerksam geworden, blickte er mich über den Brillenrand erfreut an.

»Grüß Gott, junge Dame, setzen Sie sich doch!« Er wies mit dem Stinkebrötchen auf den anderen freien Platz am Fenster.

Verdammt, das hatte mir gerade noch gefehlt. Nun hatte ich die nächste Nervensäge an der Backe. Ich tröstete mich damit, dass ich an der Hattstedter Haltestelle dieses Reisechaos verlassen würde, und setzte mich. Freudig strahlte er mir entgegen. An seiner Unterlippe hing ein Stück vom Fisch, beim Sprechen wippte es auf und ab, ohne seinen Halt zu verlieren. Ich starrte aus dem Fenster, um mich abzulenken, und hoffte, der Herr würde mich in Ruhe lassen.

»Fahren Sie auch nach Sylt?«, fragte er ungeniert.

»Nein!«, gab ich knapp zu verstehen, ohne ihn dabei anzusehen.

»Das ist aber sehr schade, ich hätte Sie gerne ein Weilchen begleitet. Wer hat Sie so verärgert? Eine so schöne Frau, gibt doch nur Falten, wissen Sie das nicht?«

Mein Kopf schnellte in seine Richtung, meine Augen wurden groß. Was erlaubte dieser Mann sich? Seiner eigenen Aussage zufolge musste er sich sein Leben lang nur geärgert haben. Sein Gesicht war mit Falten durchzogen. Bei genauerer Betrachtung hatte er jedoch ein hübsches Gesicht. Männlich, markant, mit lustigen blauen Augen. Seine Nickelbrille unterstützte diesen Eindruck zusätzlich.

»Entschuldigen Sie, ich habe mich noch nicht einmal vorgestellt: Ich bin der Gunther Seidel aus Nürnberg. Ich freue mich so sehr, endlich einmal die Insel Sylt kennenzulernen. Ich musste meiner Frau am Sterbebett versprechen auf Reisen zu gehen, um die Welt zu erkunden, damit ich ihr, wenn wir uns irgendwann wiedertreffen, berichten kann, wie schön die Welt ist.« Er schmunzelte verlegen. »Sylt war immer unser gemeinsamer Traum, wir haben es nie geschafft, dort hinzufahren. Das ist der Grund, warum ich die ›Weltreise‹ dort beginne.«

Ich schluckte. Eine so süße Geschichte – da mein Nervenkostüm ohnehin schon reichlich überstrapaziert war, musste ich mit den Tränen kämpfen. Was für ein Tag. Ich wollte endlich nach Hause.

»Das hört sich spannend an, Herr Seidel, ich freue mich für Sie. Sylt ist wirklich eine Reise wert, und frische Fischbrötchen gibt es an jeder Ecke, da müssen Sie nicht dieses übelriechende Zeug vertilgen.« Ich deutete auf seine Mahlzeit. Unsicher blickte er auf sein Brötchen und sah mir wieder in die Augen. Er wirkte etwas unglücklich, sofort tat er mir leid. Sein Urlaub sollte sicher beschwerdefrei und nicht mit Aussicht auf eine Fischvergiftung belastet werden. Zögernd suchte er nach Worten.

»Ich habe es frisch in Hamburg am Bahnhof erstanden. Ich dachte, das muss so scheußlich schmecken. Es sollte ein Vorgeschmack auf Sylt sein. Ist der Fisch bei Gosch besser?« Um Zuspruch bittend musterte er mich. Ich konnte nicht anders, mir rutschte ein Kichern durch die trockene Kehle.

»Bei Gott, da hinkt der Vergleich aber sehr. Lassen Sie das nur nicht den Herrn Gosch hören.«

Neugierig betrachtete ich meine Reisebegleitung. Er trug ein rot-weiß kariertes Hemd mit schwarzer Lederkrawatte. Ein etwas aus der Mode gekommenes Exemplar, aber durchaus passend zu seiner Erscheinung. Seine mit Bügelfalte versehene Jeans, gekürzt durch die angewinkelten Knie, ließ schwarze Socken zum Vorschein kommen, die auch noch am Bündchen umgeschlagen waren. Seine Füße steckten in soliden Herrensandalen im praktischen Beige. Diese bekamen durch die schwarzen Socken wiederum ein interessantes Muster. Herr Seidel richtete sich aufgeregt auf und beugte sich leicht zu mir herüber.

»Sie kennen den Besitzer der *Nördlichsten Fischbude der Welt*?« Seine Augen glänzen aufgeregt.

Ich schüttelte lachend den Kopf. »Nein, leider nicht. Dann würde ich bestimmt mit einem Hummer im Autozug auf die Insel fahren und nicht mit Ihnen. Obwohl ich dann nie so nette Reisebekanntschaften hätte wie heute«, beteuerte ich mit Nachdruck.

Unschlüssig lehnte er sich wieder zurück in den Sitz und blickte versonnen aus dem Fenster. »Wie zum Teufel kann man mit einem Hammer auf dem Autozug fahren? Das ist doch gar nicht für Fußgänger erlaubt?«, murmelte er.

Ich lächelte ihm milde zu. Herr Seidel hatte nicht die leiseste Ahnung, wovon ich gesprochen hatte. Geduldig erklärte ich ihm den Unterschied zwischen einem Hammer und einem US-amerikanischen Geländewagen, der eher einem Militärfahrzeug glich. Der Hummer.

»Es hört sich an wie Hammer, aber durch eine andere Schreibweise wird etwas ganz anderes daraus«, beendete ich meine Erklärung.

»Mann, Sie wären die geborene Altenpflegerin und die perfekte Reisebegleitung für Senioren. Ich fühle mich gut aufgehoben in Ihrer Gegenwart.« Verlegen sah er mich an.

»Das fehlte mir noch, ich habe genug mit meiner Mutter am Hals. So geduldig bin ich nun auch wieder nicht.« Nachdenklich betrachtete ich meine Hände. An der rechten Hand war ein weißer Rand zu erkennen. Dort hatte noch vor wenigen Monaten ein Ehering gesessen. Allmählich verblichen die Spuren der zwanzigjährigen Beziehung mit meinem Mann. Meine aufkommende Beklemmung verschwand zum Glück so schnell, wie sie gekommen war. Entsetzt bemerkte ich, dass wir fast in Niebüll waren. Verflucht!

Dieses Mal hatte Herr Seidel mich amüsiert beobachtet. Sein Blick über den Brillenrand verstärkte seinen Spott dabei erheblich. Mit der linken Hand nahm er die Brille ab.

»Wo wollten Sie aussteigen? Wir sind bald auf dem Hindenburgdamm. Ich glaube, dort gibt es keine Möglichkeit mehr, den Zug zu verlassen.« Langsam beugte er sich wieder zu mir herüber. »Soll ich die Notbremse ziehen?« Herr Seidel sah mich besorgt an, seinen Schalk konnte er trotzdem nicht verbergen.

»Sehr witzig«, grummelte ich vor mich hin. »Nun ist es auch egal, dann lande ich eben doch auf Sylt.« Ich rieb nervös meine Handinnenseite – ich war hin- und hergerissen. Hatte ich mich doch nach dem Streit mit meiner Mutter auf mein gemütliches Zuhause in Schobüll gefreut. Meine Tante Elsa wäre allerdings enttäuscht gewesen, wenn sie mich nicht verwöhnen könnte. Ganz zu schweigen von Käthe. Sie war so glücklich, mich dabeizuhaben. Vielleicht reichte ja die Lektion, die ich ihr erteilt hatte, indem ich unser Abteil verließ. Sie würde außer sich vor Freude sein, wenn wir uns am Bahnhof auf Sylt wiedertrafen. Vor allem, wenn wir uns versöhnten. Noch war ich nicht sicher, ob ich dazu bereit sein würde.

»Das ist großartig.« Herr Seidel sprang auf, ergriff ohne Umschweife meine Hand und schüttelte sie überschwänglich, um mir seine Freude noch deutlicher zu machen. »Wollen Sie mir dann heute Nachmittag die *Nördlichste Fischbude der Welt* zeigen? Ich habe Sorge, wieder an so einen Fischseelenverkäufer zu geraten.« Abwartend sah er mich an, ohne meine Hand loszulassen.

»Das wird Ihnen schon nicht passieren, versprochen. Meinen Schutz werden Sie nicht benötigen.« Ich lachte herzlich über seinen Versuch, mich doch noch als Altenpflegerin zu gewinnen. Mein Bedarf an Schutzbefohlenen war fürs Erste ausreichend gedeckt. Das brachte schon mein Beruf mit sich. Als Richterin am Husumer Amtsgericht erlebte ich ausreichend Katastrophen und Schicksale, da musste ich in meiner Freizeit nicht auch noch die Sorgetante für alle spielen. Leider fehlte mir oftmals der nötige Abstand. Ich musste mir jedoch eingestehen, dass ich ein Wiedersehen mit diesem netten, arglosen Mann nicht ablehnen würde.

»Schade«, bedauerte Herr Seidel nur. Er gab seine Bemühungen auf und bedrängte mich nicht weiter. Das war klug von ihm, wie sich bald herausstellen sollte.

Ich überlegte mir schon, wie ich es vereinbaren könnte, meine Tante zu einem Gosch-Besuch zu überreden. Sie kochte leidenschaftlich gern und würde es sich nicht nehmen lassen, uns mit ihren Künsten am eigenen Herd zu überraschen. Vermutlich war sie schon in ihrem Element und machte ihre Küche unsicher.

Ich fuhr mit den Fingern durch meine ungewohnte Kurzhaarfrisur. Meine Friseurin hatte mir dazu geraten, den alten Zopf abzuschneiden, um jünger und flotter zu wirken. Natürlich nicht, ohne die Haarfarbe aufzufrischen, mit einem leichten Rotton. Meine braunen Augen würden so viel mehr strahlen, hatte sie ihre Idee begründet. Ich war sehr zufrieden mit dem Resultat gewesen, denn seitdem durfte ich regelmäßig bei meinen Freundinnen und Arbeitskollegen gleichermaßen Lob und Erstaunen ernten. Käthe hatte sich gar nicht mehr beruhigen wollen, vor lauter Überwältigung. Sie war um mich herumgetänzelt und hatte immer wieder gerufen: »Kind, nein, wie gut du aussiehst! Phantastisch! Wirklich! Ich kenn dich gar nicht wieder, so jung, so frisch. Mein schönes Baby!«

Bei mir war unweigerlich die Frage aufgekommen: Wie schrecklich muss ich vor meiner Verwandlung auf die Umwelt gewirkt haben? So hässlich war ich mir gar nicht vorgekommen. Wollte mir das nur nie jemand sagen? War ich zwanzig Jahre als hässliches Entlein durch die Welt gehüpft? Na danke.

Inzwischen hatte ich mich an meine positive Verwandlung

gewöhnt und fühlte mich ausgesprochen wohl in meiner neuen Haut. Wer wollte schon aussehen wie einundfünfzig?

»Herr Seidel«, richtete ich nun wieder meine Aufmerksamkeit auf meine Zugbekanntschaft. »Wir werden uns bestimmt noch einmal begegnen, da bin ich mir sicher. Ich habe mich noch gar nicht vorgestellt, entschuldigen Sie. Mein Name ist Barbara Kleinschmidt aus Schobüll. Ihr Heldentum als Notbremser ist nicht erforderlich, meine Tante erwartet mich und meine Mutter am Westerländer Bahnhof.«

Er nickte mit seinem greisen Kopf.

»Ja, die liebe Familie, auf die ist immer Verlass. Ich wünsche Ihnen eine schöne Zeit auf Sylt. Aber nun wollen wir unsere Fahrt über den Damm genießen, solange wir hier noch beisammen sind. Ich bin schon sehr aufgeregt, wie es sein wird, dort hinüberzufahren. Ich will doch meiner Frau davon berichten.« Gedankenverloren sah er aus dem Abteilfenster, es schien, als versuche er, die kleinste Kleinigkeit, die er erblickte, zu speichern. Ich lächelte zu ihm herüber, aber er bemerkte es nicht. Zu groß waren die Eindrücke, die ihn zu überwältigen schienen.

Muddi würde sich freuen wie ein Kind, wenn wir uns am Bahnhof wiedertrafen, das war so sicher wie das Amen in der Kirche. Heulend würde sie mir um den Hals fallen. Es gab mir Genugtuung, dass sie ihre Strafe allein im anderen Abteil abgesessen hatte, und ich nahm mir vor, ihr zu verzeihen. Ein Grinsen spielte um meine Lippen. Strafe musste nun mal sein. Dass ich meinen Beruf mit ins Spiel gebrachte hatte, bemerkte ich nicht.

Das Wattenmeer bot sich von seiner schönsten Seite. Die Sonne strahlte und warf ihre glitzernden Boten auf die Landgewinnung. Ein kleines Flugzeug kreiste in der Ferne über das Meer. Langsam hieß es Abschied nehmen von unserer gemeinsamen Fahrt zur Insel. Herr Seidel räusperte sich leise.

»Nun haben wir es gleich geschafft, die Insel nähert sich

mit großen Schritten. Es war sehr schön, mit Ihnen zu plaudern, liebe Barbara. Ich wünsche Ihnen alles Gute.«

Ich entnahm seinen Worten einen Abschied für immer, es stimmte mich ein wenig traurig. Noch bevor ich etwas erwidern konnte, schlug die Abteiltür auf und Käthe huschte herein.

»Kindchen, hast du nun endlich genug geschmollt? Wir sind gleich da! Elsa hat mir eine Nachricht geschrieben, sie wartet auf uns am Bahnhof.« Käthe hielt abrupt inne. »Was um Himmels willen stinkt hier so erbärmlich?« Angeekelt sah sie von mir zu Herrn Seidel. Dieser blickte schuldbewusst auf seine Schuhe.

»Keine Ahnung, wir wundern uns auch schon, haben die Ursache jedoch nicht gefunden«, sprudelte ich schnell hervor. Herr Seidel sollte sich nicht schämen, er konnte schließlich nichts dafür, dass man ihm in Hamburg so einen Stinkefisch untergejubelt hatte. Unbemerkt hatte sich noch jemand in das Abteil geschlichen. Neugierig starrte ich die Person an. Könnte das eine Schlichtungs-Tante der Bahn sein? Die alleingelassene Muddis tröstete?

»Darf ich dir Sieglinde vorstellen, meine Zugbekanntschaft und neue Freundin? Wir haben uns die ganze Fahrt über unterhalten und festgestellt, wie viele Gemeinsamkeiten wir haben. Ist das nicht herrlich? Der Korb ist im Übrigen nicht mehr so schwer, die Prosecco-Flasche ist leer und der Käse ist auch vernichtet. Hubs, ich glaub, ich bin beschwipst.« Zum Beweis hickste sie, ohne die Hand vor den Mund zu halten. Dabei fiel eine blondgefärbte Haarsträhne über ihr linkes Auge. Meine Mutter sah überaus bescheuert aus. Na Mahlzeit.

Elsa

Herr Seidel hatte sich langsam von seinem Platz erhoben und zog umständlich seine Hose wieder in Form. Entschlossen nahm er einen großen Koffer aus dem Gepäcknetz und wuchtete ihn auf den Sitz. Schnaufend wischte er sich den Schweiß von der Stirn und reichte mir seine feuchte Hand zum Abschied.

»Machen Sie es gut, junge Frau, bis bald einmal.« Von übermäßigen Abschiedsworten machte Herr Seidel keinen Gebrauch mehr. Wir hatten alles gesagt. Mit einem freundlichen Nicken drängte er sich an Käthe und Sieglinde vorbei, um auf den Gang zu gelangen. Ich kam mir vor wie in dem Werbeslogan einer langen Praline: »Ob er jemals wiederkommt?« Ich hatte keine Zeit mehr, mir Gedanken über ein mögliches Wiedersehen zu machen. Käthe scheuchte mich weiter wie auf einem Viehtrieb.

»Beeile dich, Babs, ich muss an die frische Luft. Der Mief hier drin ist ja kaum auszuhalten.« Sie wedelte sich mit einer Hand Luft zu, um ihr Anliegen deutlicher zu machen. Ich hatte mich in der letzten Stunde an den Geruch gewöhnt, aber die Aussicht, die Nordseeluft durch meine Lungenflügel zu ziehen, war ganz in meinem Sinn. Erleichtert packte ich den Korb, den Käthe mir wieder hinhielt, und verließ einigermaßen versöhnt das Abteil. Sieglinde folgte mir sofort, während Käthe noch ein Weilchen im Abteil stehen blieb und sich umsah.

»Sieht irgendwie eleganter aus als unser Abteil. Aber was du mit diesem Herrn zu schaffen hast, ist mir ein Rätsel. Wir hätten es so schön haben können, Kind.« Da ich nicht daran dachte, auf sie zu warten, wurden ihre letzten Worte immer lauter, damit sie noch in meine Ohren dringen konnten. Ich ignorierte meine Mutter und hielt Ausschau nach Elsa. Es war nicht einfach, im Getümmel des Bahnhofes jemanden zu erkennen.

Als der Zug endlich stand, schwangen die Türen demonstrativ auf, Endstation! Ich kletterte umständlich die Stufen herunter und verfing mich am Türgriff. Mit einem knisternden Geräusch verabschiedete sich meine Lieblingsbluse ein für alle Mal. Ein langer Riss zeigte sich an der Außenseite mit langen Fäden, die lustig an mir herunterhingen. Shoppingmeile Westerland stand sofort auf dem Programm. Um den Fluss der Reisenden nicht zu behindern, stellte ich mich abwartend an die Seite, direkt bei den Schließfächern. Hier würde meine Familie mich schon finden. Eine Abmachung mit meiner Mutter, noch aus Kindertagen. Treffpunkt Schließfächer.

Der Nürnberger stand unschlüssig im Menschenstrom, er war deutlich überfordert und sichtlich erfreut, mich zu sehen. Wie selbstverständlich tauchte er plötzlich neben mir auf.

»Haben Sie Ihre Mutter schon wieder verloren?«, hauchte er mir zu.

»Sieht ganz danach aus«, hauchte ich ebenfalls und grinste ihn verschwörerisch an.

»Hach, wusste ich doch, dass ich dich hier finden würde. Hast du Elsa schon entdeckt?« Käthe kreischte aus der Ferne über die anderen Reisenden hinweg. Bei ihrer Größe ein kleines Wunder. Als sie näherkam, erntete Herr Seidel einen missbilligenden Blick. Jetzt stand sie aufgeregt vor mir, eine Prosecco-Fahne schlich sich an meiner Nase vorbei. Nüchtern war sie immer noch nicht. Ich verdrehte die Augen.

»Nee, keine Spur von Elsa. Herr Seidel, bei der Gelegenheit

kann ich Ihnen meine Mutter noch mal richtig verstellen. Käthe Paulsen, meine Mutter, Muddi, das ist Herr Seidel aus Nürnberg.« Pikiert gab Käthe ihm die Hand.

»Freut mich«, lautete ihr wenig glaubhafter Kommentar. Rasch zog sie ihre Hand wieder zurück. Verbrennungsgefahr? Plötzlich kam mir eine Idee, die auch ein bisschen mit Rache zu tun hatte. Ich deutete auf Muddi.

»Sie ist übrigens Single, ich meine, verwitwet, schon seit Jahren«, feixte ich, nicht ohne einen drohenden Blick meiner Mutter zu ernten. Herr Seidel schüttelte sich vor Lachen. Glucksend sagte er: »Ihr seid mir schon so zwei Kampfhennen. Wird wohl nie langweilig bei euch, oder? Ich geh dann mal los ins Abenteuer. Alles Gute, bis bald.« Er packte seinen Koffer und ließ ihn hinter sich her rollen.

»Komischer Kerl.« Käthe sah ihm nach. Sie ersparte mir wundersamerweise eine Standpauke.

»Wo ist eigentlich Sieglinde, deine neue Busenfreundin?« Ich sah mich um, ob ich sie irgendwo entdeckte.

»Ach, die ist schon los, ihr Bruder holt sie vom Taxistand ab. Wir sind für morgen verabredet«, frohlockte Käthe. Irritiert kräuselte ich die Stirn. Morgen? Geplant war der letzte Zug am Abend, ich hatte nicht einmal eine Zahnbürste dabei. Meine Reaktion war Muddi nicht entgangen. Vorsichtig beäugte sie mich von der Seite.

»Ich dachte mir, wir sind mal ganz spontan. Wir brauchen doch nichts weiter, und wenn etwas Wichtiges fehlt, kann Elsa aushelfen, oder wir gehen shoppen. Du hast doch den Rest der Woche frei, es wird dich schon keiner vermissen. Und du hast keinen Mann mehr, den du bekochen musst«, platzte sie heraus. Ich stöhnte auf. Dass ich Andreas noch nie bekocht hatte, da ich selbst berufstätigt war, hatte sie nie verstanden. Genauso wenig, dass ich ihre alleinigen Entscheidungen über meine Freizeit nicht dulden wollte. Darum hätte ich auch nie zugegeben, wie großartig ich ihre Idee fand.

»Du kannst ja gerne bleiben, ich überlege mir das noch mal«, gab ich selbstbewusst zum Besten. Ich erntete ein mildes Lächeln.

»Da!«, rief Käthe lauter, als es nötig getan hätte. »Da ist sie ja, unsere Elsa! Ich wusste doch, sie lässt uns hier nicht verschimmeln.« Vor lauter Freude füllten ihre blauen Augen sich mit Tränen. Die Überfahrt war doch nicht so spurlos an ihr vorbeigegangen, die Prosecco-Party hatte ihre Folgen hinterlassen. Die Jüngste war sie nun mal nicht mehr. Das würde sich Käthe jedoch niemals eingestehen. Elsa kam schnell näher, als sie uns erblickte – zu hören waren wir immerhin schon von Weitem gewesen. Liebevoll schlossen die Schwestern sich in die Arme.

»Meine liebe Käthe, wie schön, dass du es endlich mal wieder geschafft hast, auf die Insel zu kommen. Wir sehen uns viel zu selten«, flüsterte Elsa ergriffen.

»Nun bin ich ja da. Wir werden es uns richtig schön machen, versprochen. Ich habe eine Überraschung für dich, Elsa«, flötete Käthe. »Wir bleiben ein paar Tage länger! Was sagst du? Kannst du uns noch einige Zeit ertragen?« Um Beifall haschend strahlte sie ihre Schwester an.

»Na, und ob! Das ist herrlich.« Elsa löste sich aus der festen Umarmung mit Käthe. Liebevoll blinzelte sie mich an, um mich gleich an ihren großen Busen zu drücken.

»Babsi, wie schön. Ich freue mich so, dich zu sehen«, sagte sie sanft. Ihr Blick steifte meine neue Frisur. »Schick, steht dir.« Mehr nicht. Dankbar lächelte ich sie an. Elsa war nie überschwänglich, immer direkt, kurz und ehrlich mit ihren Aussagen. Dafür liebte ich sie am meisten. Sie roch zum Anbeißen, sicher stand sie schon seit dem frühen Morgen in der Küche. Die Schürze hatte sie gar nicht erst abgelegt. Dazu trug sie weiße Birkenstocks an den Füßen. Meine Tante hatte ihre blonden Haare zu einem Pferdeschwanz hochgebunden, ihre Wangen glühten rot, wahrscheinlich von der Hitze am Herd.

Wir bewegten uns in Richtung Ausgang. Käthe und Elsa gingen Arm in Arm. Die wichtigsten Neuigkeiten wurden ausgetauscht, wie Teenager kicherten sie dabei. Mich hatten die beiden völlig vergessen. Ich folgte dem Schwesternpaar in sicherem Abstand und beobachtete sie amüsiert. Sie waren die wichtigsten Menschen in meinem Leben, auch wenn es nicht immer einfach mit ihnen war. Ich liebte sie über alles.

Erleichtert erreichten wir Elsas Auto. Sie parkte, wie immer, im Halteverbot.

»Schnell, schnell, die Politessen sind bald aus ihrer Mittagspause zurück, ich muss den Parkplatz räumen. Noch ein Knöllchen verträgt mein Konto nicht.« Zwinkernd öffnete sie die Tür und wedelte mit einer Hand, um uns anzutreiben.

»Elsa, du bist unmöglich«, tadelte ich lachend. »Am Ende landest du noch bei mir am Gericht.«

»So schlimm wird es schon nicht werden. Du kannst ja bei deiner alten Tante milde urteilen«, scherzte sie verschmitzt. Muddi hatte sich bereits den vorderen Platz gesichert und wartete darauf, dass ich auch einsteigen würde. Mühsam zwängte ich mich auf die hintere Sitzbank.

Elsa lenkte ihren Wagen sicher aus dem nun immer dichter werdenden Verkehr. Wir fuhren in Richtung List. Dort hatte Elsa ein kleines Häuschen. Eine himmlische Ruhe herrschte im Wageninneren. Käthe verdaute ihren Prosecco mit einem Sekundenschlaf. Leises Schnarchen ertönte vom Vordersitz. Elsa begann zu kichern.

»Was hast du denn mit der armen Käthe angestellt? Die ist ja fix und alle.« Sie sah mich über den Rückspiegel amüsiert an.

»Ach, das ist eine lange Geschichte. Den Prosecco hat sie aber ganz alleine getrunken«, klärte ich zu meiner Verteidigung auf.

Traumhafte Dünenlandschaften säumten unseren Weg. Kindheitserinnerungen wurden wach. Ich kannte hier alles auf der Insel, hatte ich doch jedes Jahr meine Schulferien bei Elsa verbracht. Ich lehnte mich in den Sitz und genoss versonnen die Fahrt. Stille, die ich gerne beanspruchte, nach der verrückten Überfahrt.

Schon aus der Ferne erblickte ich das kleine, vertraute Haus meiner Tante. Der Vorgarten war liebevoll gepflegt und mit einem weißen Zaun umrandet. Die grünen Fensterläden gaben dem Häuschen ein freundliches Gesicht. Aus dem Küchenfenster wehte eine Gardine leicht im Wind und bot der Katze eine willkommene Spielmöglichkeit. Es sah so lustig aus, dass selbst Elsa nicht böse sein konnte. Ihre Tiere waren in der Regel gut erzogen und wussten, was sich gehörte.

»Tinka, du kleines Biest, lass sofort meine Gardine in Ruhe. Sonst gibt es heute kein Mittagessen für dich«, zeterte sie sofort los, als sie ausgestiegen war. Sie schluckte dabei ein vergnügtes Kichern herunter, um ihre Autorität nicht zu untergraben. Tinka verschwand blitzschnell in dem Holzstapel am Schuppen.

»Bodo, schau mal, wen ich mitgebracht habe!«

Erleichtert kletterten wir alle aus dem kleinen Fahrzeug, um uns erst einmal zu strecken. Im Sausetempo kam Bodo um die Ecke gerannt, seine kurzen Beine kratzten die Rasenfläche auf. Er begrüßte mich zuerst, hinterließ freudig ein Jack-Wolfskin-Design auf meiner weißen Jeans, um gleich darauf Käthe den gleichen Dienst zu erweisen. Zusammen mit meiner zerstörten Bluse stellte ich eine überaus seriöse Richterin des Husumer Amtsgerichts dar. Herrlich, so konnte der Kurzurlaub beginnen. Fröhlich betraten wir das Haus.

Elsas Parfüm hatte mich nicht getäuscht, im kleinen Hausflur strömte mir feuchtwarme, mit Essensduft geschwängerte Luft entgegen. Es duftete nach Rotkohl und Schweinebraten, gemischt mit dem köstlichen Aroma von Kuchen. Ich verspürte sofort einen Riesenappetit. Es war jedoch erst zehn Uhr morgens, ich musste mich in Geduld fassen. Unschlüssig blieb ich in der Küchentür stehen. Kaum merkbar hatte sich Elsa an meine Seite gestellt.

»Ich habe Essen um dreizehn Uhr geplant, damit du noch mal deine Kreise ziehen kannst«, raunte sie mir ins Ohr. Elsa kannte meine Vorliebe, nach der Ankunft einen Streifzug zum Strand zu unternehmen, um auch innerlich anzukommen. Dankbar strahlte ich sie an. Sie erwartete nicht, dass ich mit ihnen Kaffee schlürfte, um mich bei ihren wichtigen Plaudereien zu langweilen.

»Ich habe dir ein T-Shirt aufs Bett gelegt. Meine Hosen sind dir ja leider zu kurz.«

»Nicht nur zu kurz, Elsa, zu eng sind sie auch«, lachte ich vergnügt.

Im Namen des Volkes

Glücklich verließ ich das Haus und atmete erst einmal tief durch. Die Sonne erwärmte meine Haut. Ohne zu zögern, nahm ich den kleinen Pfad zum Strand. Meine Schuhe trug ich in der Hand, ich wollte den Sand spüren. Mein Weg führte mich direkt zum Wasser.

Die Schuhe stellte ich an einem Strandkorb ab, wo ich sie später einsammeln würde. Ein Kribbeln durchströmte meinen Körper, der Wind streichelte mit der Sonne um die Wette meine Seele. Ich rannte los. Der Sand drohte, meine Füße zu verschlingen, aber ich ließ mich nicht aufhalten. Ich lief mir den Frust der letzten Monate von den Schultern. Obwohl mir die inneren Antriebsmotoren ihren Dienst versagen wollten, lief ich weiter. Lief mich *frei* …

Das Blut in meinen Adern pulsierte, so dass mein Herz Schwerstarbeit leisten musste. Die Büroarbeit hatte mir in der vergangenen Zeit nicht gutgetan. Das musste ich unbedingt ändern. Andy hatte von mir die Scheidung verlangt, mit der Begründung, er brauche seine Freiheit. Nach einer durchweinten Nacht hatte ich mich wieder aufgerappelt und in die Arbeit gestürzt. Von diesem Zeitpunkt an versuchte ich nur noch zu funktionieren. Alles andere schob ich in den Hintergrund. Andys Freiheit allerdings sah so aus, dass er mit einem blonden Hohlkopf eine Wohngemeinschaft bildete, in der bald noch ein weiteres Mitglied einzog. Benjamin, ein prächtiger Bursche und das große Glück seiner Eltern. Mein Ex durfte wieder Windeln wechseln und Fläschchen zubereiten. Seine junge Frau war lieber mit dem Lackieren ihrer Nägel beschäftigt. Geschah ihm ganz recht. Eine gewisse Genugtuung hatte ich mir verdient.

Irgendwann warf ich mich schwer atmend in den Sand. Mein Herz raste, der Schweiß tropfte mir von der Stirn. Ein riesiges Glücksgefühl überwältigte mich. Ich begann zu kichern. So lebendig war ich seit Monaten nicht mehr gewesen. Danke, Sylt! Danke, Muddi!

»Babsi? Bist du es wirklich?«

Eine dunkle Stimme riss mich aus meinen Tagträumen. Ich beschattete meine Augen, um die Personen zu erkennen, die auf mich zukamen. Im Aufstehen putzte ich den Sand von meiner Kleidung und zupfte meine Frisur erfolglos zurecht.

»Saskia! Welch ein schöner Zufall, ich bin eben erst angekommen.« Freudig nahm ich meine Freundin aus Kindertagen in die Arme. Saskia drückte mir einen dicken Kuss auf die Wange. Wir hielten uns an den Händen und strahlten vor Freude.

»Du hast ja früher als erwartet die Kurve gekriegt. Ich freue mich, dass du es geschafft hast. Darf ich dir meine große Liebe vorstellen? Rüdiger! Rüdiger Berger aus Flensburg.«

Neugierig musterte ich den Begleiter meiner Freundin. Er kam mir seltsam bekannt vor, ich hatte jedoch im ersten Moment keine Ahnung, woher. Ich reichte ihm die Hand zur Begrüßung. Nur zögerlich nahm er sie, ohne mich anzusehen. Sämtliche Alarmglocken versuchten meine Erinnerung wachzurütteln. In Sekundenschnelle ordnete ich mein Hirn. Es war keine gute Bekanntschaft gewesen, da war ich mir sicher. Doch ich erinnerte mich immer noch nicht. Warum hatte Saskia mir bei unserem Telefonat nichts von ihrer neuen Liebe erzählt?

»Sasi, ich geh dann mal. Wir sehen uns später zu Hause«, murmelte er. Rüdiger ging von dannen, ohne sich bei seiner

»großen Liebe« mit einem Kuss zu verabschieden. Saskia überspielte die eigenartige Situation mit einem albernen Lachen. Ich formte meine Augen zu kleinen Schlitzen und sah ihm nach. Der warmen Sonne zum Trotz fror ich plötzlich. Saskia strahlte mich an – sie deutete meine Blicke, die Rüdiger folgten, falsch.

»Er sieht verdammt gut aus, nicht wahr? Rüdiger ist mein absoluter Traummann, du wirst ihn sicher bald besser kennenlernen«, schwärmte sie selig.

Eiskalte Schauer ließen mich erstarren. Wie ein Blitz eilten die Geschichten um Rüdiger Berger in meine Erinnerung zurück. Ich hatte ihn vor längerer Zeit zu fünf Jahren Haft verurteilt. Er wurde eines gemeinen Raubüberfalls überführt. Einem alten Rentnerehepaar hatte er böse Körperverletzungen zugefügt. Der Ehemann hatte immer noch mit schweren Behinderungen zu kämpfen. Verwirrt sah ich meine Freundin an.

»Woher kennst du Rüdiger Berger?«

»Er hat mich sozusagen abgefangen, als ich wegen der Erbschaft meines Bruders in Flensburg am Gericht geladen war. Ich bin mit ihm im Fahrstuhl stecken geblieben, seitdem sind wir unzertrennlich.« Unbeschwert lachend hakte sie mich unter, um mit mir weiter den Strand entlangzuwandern.

Mir gelang es nur schwer, auf ihr unbefangenes Plaudern einzugehen. Nicht nur, weil aus jeder meiner Poren Strandsand rieselte, sondern weil ich Rüdiger Berger nicht mehr aus dem Kopf bekam. Wie war es nur möglich, dass ausgerechnet meine Freundin an diesen brutalen Mann geraten konnte?

Saskia und ich hatten damals die gleichen Pläne, was unsere Berufswahl anbelangte. Beide hatten wir einen Studienplatz in Hamburg ergattert, wir wollten uns ein Zimmer in einer Fünfer-WG teilen. Kurz vor unserem Umzug in die Hansestadt teilte sie mir in Tränen aufgelöst mit, dass sie schwanger sei. Vater unbekannt, behauptete Saskia damals. Wenige Monate später erblickte ihre wundervolle Tochter Melanie das Licht der Welt. Schon beim ersten Kennenlernen meines Patenkindes war klar: Der unbekannte Vater musste südländischer Abstammung gewesen sein. Melanie war ein zuckersüßes Baby und später ein umwerfend schöner Teenager, der auf der Insel alle im Griff hatte. Saskia bemühte sich mit Erfolg um ein Ladenlokal in Kampen. Zwischen Windeln wechseln und Torten backen leitete sie ein Café, das weit über die Grenzen von Sylt bekannt wurde. An ein Studium verschwendete sie keine Gedanken mehr.

Saskias Gespür für meine innersten Regungen ließ sie auch dieses Mal nicht im Stich. Sie bemerkte meine Ablehnung gegenüber Rüdiger treffsicher.

»Warum kannst du Rüdiger nicht leiden?« Saskia war stehen geblieben und forschte aufmerksam in meinem Gesicht. Wir hatten uns immer die Wahrheit gesagt, doch heute fiel es mir schwer. Wie würde Saskia reagieren, wenn ich ihr meine Erfahrung mit einem gewissen Herrn Berger offenbarte? Ich räusperte mich, wich ihren forschenden Augen aus und wand mich wie ein Aal im Netz.

»Lüg mich nicht an, Barbara Kleinschmidt, ich sehe, dass du mir etwas verheimlichst!« Sie stampfte mit dem Fuß auf und kreuzte die Arme vor dem Bauch. Mein Mund wurde schlagartig trocken, verzweifelt versuchte ich Worte zu finden, die nicht so gravierend klingen würden. Aber ganz gleich, wie ich es ihr erklärte, die Nachricht hatte es in sich. Ich entschloss mich schweren Herzens, ihr die Wahrheit zu sagen.

Vertrauen war stets eine wichtige Grundlage unserer Freundschaft gewesen. Doch Saskias blinde Verliebtheit kehrte alles bisher Dagewesene schlagartig ins Gegenteil um. Ich war erschrocken über diese fatale Wendung, mit der ich nicht gerechnet hatte.

Saskia wurde aschfahl, kalter Schweiß bildete sich in Sekunden auf ihrem Gesicht. Die großen grünen Augen flackerten gefährlich.

»Du lügst! Warum lügst du mich an? Bist du neidisch auf mein Glück? Ich kann nichts dafür, dass Andy sich etwas Besseres gesucht hat. Er wird schon seine Gründe dafür gehabt haben. Ich bin so unendlich enttäuscht von dir, Barbara!« Meine liebste Freundin preschte auf mich zu. Ich musste zurückweichen, sie wäre mir sonst an den Hals gesprungen.

»Bitte Saskia«, flüsterte ich kaum hörbar. »Ich …«

Sie lief schimpfend davon, ohne mir noch einmal die Möglichkeit zu geben, etwas zu sagen. Ein dicker Kloß steckte in meinem Kehlkopf. Mühevoll versuchte ich ihn hinunterzuschlucken, bis es zu schmerzen begann. Ich weinte nur selten. Das letzte Mal hatte ich eine Nacht durchgeweint, als Andy mir seine neuen Zukunftspläne offengelegt hatte. Davor hatte ich zuletzt im zarten Alter von sechzehn Jahren geheult. Mit weit aufgerissenen Augen unterdrückte ich meine emotionale Regung. Ich wollte sie auf immer und ewig in der Tiefe verschwinden lassen. Meine Kehle schnürte sich immer weiter zu. Ich hatte keinen Einfluss mehr auf meine Gefühle. Ich beugte mich vor und schrie aus Leibeskräften: »Ich hasse meinen Beruf! Verdammt, Verdammt!«

Keuchend richtete ich mich auf, um mit weit ausholenden Schritten den Strand zu verlassen. Das kraftlose Zittern meiner Beine, meiner Arme, meines ganzen Körpers ignorierte ich.

Wie fühlte man sich, wenn eine Freundin verloren gegangen war? Ich wäre nie in der Lage gewesen, es in Worte zu fassen, aber ich spürte es mit jeder Faser meines Herzens.

Ausgebremst

Ohne es geplant zu haben oder gar zu bemerken, schlich ich zum Haus meiner Tante zurück. Mein Zeitempfinden war abhandengekommen. Warteten Käthe und Elsa schon mit dem Festtagsbraten auf mich? Ich hatte keinerlei Ahnung, ob ich rechtzeitig zum Essen ankam oder ob der Kuchen bereits auf dem Tisch stand. Es war mir auch ziemlich gleichgültig. Hunger? Verspürte ich nicht im Geringsten.

Leise schob ich die Eingangstür zum kleinen Flur auf. Gedämpfte Stimmen waren von der Terrasse zu hören. Vermisst wurde ich also noch nicht. Ich verspürte keine Lust, mich den beiden anzuschließen, darum schlich ich mit angehaltenem Atem auf meine Zimmertür zu. Leider hatte ich die Rechnung ohne Bodo gemacht. Er hatte Ohren wie ein Luchs. Freudig bellend nahm er mich in Empfang.

»Barbara! Bist du es?«, flötete meine Mutter von draußen herein.

»Ja«, hauchte ich kaum hörbar, die Türklinke schon gedrückt. Leider war meine Mutter schneller. Sie hatte sich von ihrem Platz an der Sonne erhoben und stand plötzlich neben mir.

»Ach, wie schön, wir wollen gleich Mittag … Kindchen, wie schaust du denn aus? Ist etwas passiert?« Besorgt nahm sie meine Hand in ihre. »Elsa! Komma schnell, ich glaube Babs wird krank!«

»Nein, Mamilein, ich bin nur müde«, versuchte ich Käthe

zu beruhigen. Mir gelang ein schwaches Lächeln. Ich fühlte eine unendliche Geborgenheit im Kreise der beiden Schwestern. Trotzdem musste ich in diesem Moment alleine sein.

»Mamilein? So nennst du mich nicht mehr seit deiner Jugend, Kind. Was ist los, raus mit der Sprache!«

Ich drehte mich aus ihrem Klammergriff, um endlich in mein Zimmer zu gelangen.

»Ich habe nur eben eine Freundin verloren«, murmelte ich in mich hinein. »Ich möchte alleine sein, Käthe.«

Ratlos sah sie mir nach.

Ich legte mich auf mein Bett und starrte stundenlang die Decke an. Irgendwann musste ich eingeschlafen sein.

Es war schon dunkel, als ich erwachte. Draußen zirpten die Grillen, irgendwo in der Ferne schrie ein Raubvogel. Sonst herrschte Stille. Ein Blick auf mein Handy verriet mir, dass es weit nach Mitternacht war. Ob Elsa und Käthe schon schlafen gegangen waren? Ich schwang die Beine aus dem Bett und machte mich auf zur Küche. Inzwischen war ich doch hungrig geworden.

Elsa hatte Schnitten mit kaltem Schweinebraten und dicken Zwiebeln darauf bereitgestellt. Ich nahm den Teller und eine Flasche Bier zum Küchentisch und aß hungrig die köstliche Mahlzeit.

»Das nennt man wohl Nachtessen«, grummelte ich leise. Langsam ging es mir besser. Eine kalte Hundeschnauze stupste an meine Beine. Bodo begrüße mich freundlich und sah mich mit seinen treuen Augen an.

»Na, mein Süßer, kannst du auch nicht mehr schlafen?« Ich hob ihn hoch und küsste ihn auf seinen Kopf. Bodos Interesse galt aber mehr den Krümeln auf dem Teller. Meine Finger schienen genau seinen Geschmack zu treffen. Er leckte sie ab und arbeitete sich vor zu meinem Hals, ans Ohr und zum Mund. Dieses kleine wunderbare Wesen erweckte meine Lebensgeister im Nu.

»Igitt, Bodo, das kitzelt, du alter Schlawiner«, gluckste ich. Vergnügt setzte ich ihn wieder auf den Boden.

Zwei weiße Nachthemden standen plötzlich in der Küchentür.

»Ach, ähm, Babs, ich habe ein Problem mit meinem Smartphone, kannst du mir vielleicht helfen? Muss auch nicht jetzt sein, morgen früh reicht völlig, aber es macht mich wahnsinnig. Ich finde den Fehler einfach nicht.« Elsa hielt ihr Handy hoch, um es gleich wieder hinter ihrem Rücken verschwinden zu lassen.

»Klar doch, Tantchen, zeig mal her.« Ich war stolz auf meine beiden Oldies, nicht viele in ihrem Alter beherrschten die Geheimnisse eines Smartphones. Da war es nicht verwunderlich, wenn doch einmal ein Geheimnis zu groß war und ich ihnen helfen musste.

»Nein, nein, das hat Zeit bis morgen. Gute Nacht, Barbara.« Gegenseitig schubsten sie sich aus der Küche, fluchten und zischten irgendetwas. Dann flog eine Tür zu und ich hörte nur noch das Ticken der Küchenuhr. Ich wusste, beide würden keine Ruhe geben, bevor sie erfuhren, was am gestrigen Tag geschehen war. Schmunzelnd zog ich mich wieder auf mein Zimmer zurück und kuschelte mich mit Bodo ins Bett.

Am nächsten Morgen sah die Welt etwas besser aus. Ich duschte ausgiebig und benutzte eine angenehm duftende Körperlotion, die Elsa für mich ins Bad gestellt hatte. Langsam kleidete ich mich an. Viel Auswahl hatte ich nicht. Ich überprüfte sorgfältig die Unterwäsche, welche Elsa mir zur Verfügung gestellt hatte. Sie kam mir seltsam bekannt vor. Hatte ich sie vielleicht einmal hier vergessen? Meine Hose mit dem Jack-Wolfskin-Look musste ihre Dienste weiterhin erfüllen. Dazu wählte ich ein hellblaues T-Shirt. Die herrlichen Gesichtspflegeprodukte meiner Tante betörten meine Sinne. Erfrischt und einigermaßen zufrieden ging ich in die Küche. Ich freute mich auf ein gemeinsames Frühstück mit meinen Lieben.

Ich war auf neugierige Gesichtsausdrücke vorbereitet. Schließlich hatte ich beide lange genug zappeln lassen. Doch meine Erwartungen wurden enttäuscht. Keine duftenden Brötchen, keine frischen Eier vom Nachbarn und schon gar kein Kaffee. Lediglich ein Zettel lag auf dem Küchentisch.

Wir sind schon los zum Shoppen. Bitte komme um 13.00 h zum Restaurant Seenot, bis bald.
PS: Mein Fahrrad steht in der Garage
Bussy.

»Na, die sind ja lustig.« Ich hatte überhaupt keine Lust, mit dem Fahrrad nach Westerland zu kurven. Sport hatte ich für diesen Tag nicht vorgesehen. Erst recht nicht ohne Frühstück. Kurzentschlossen schnappte ich mir Bodo, um mit ihm zum Lister Hafen zu laufen.

Als ich in den Vorgarten hinaustrat, fing meine Haut die warme Sonne auf. Ein leichter Wind schmeichelte sich durch mein Haar. Ich griff in die Handtasche, um nach meiner Sonnenbrille zu suchen. Nachdem ich Papiertaschentücher, Bonbonpapier und Handy beiseite geräumt hatte, kam die Brille etwas zerkratzt und verstaubt zu Tage. Kurz warf ich noch einen Blick auf mein Handy. Ich erstarrte. Saskia! Nervös öffnete ich die Nachricht.

Babs, ich kann es immer noch nicht fassen. Ich hoffe, du kannst noch ruhig schlafen. Rüdiger ist kein Verbrecher, das weiß ich einfach. Dich möchte ich nie mehr wiedersehen.

Mit zitternden Händen schob ich mein Handy zurück in die Handtasche. Ich wollte mich nicht mehr damit belasten. Ich war sicher, Saskia würde von ganz alleine dahinterkommen. Ich würde dann für sie da sein.

Mit schnellen Schritten lief ich in Richtung Hafen. Ich brauchte unbedingt einen starken Kaffee. Bodo hüpfte fröhlich neben mir und freute sich über unseren Ausflug.

Obwohl es noch früher Morgen war, herrschte am Hafen reger Betrieb. Urlauber stürmten die Boutiquen und erstanden Sylter Souvenirs, zum Andenken für zu Hause. Ich steuerte direkt ein kleines Café an, um erst einmal in aller Ruhe zu frühstücken. Ich suchte mir einen Tisch auf der Sonnenterrasse.

»Sie wünschen?« Eine junge Kellnerin stand vor mir, den Stift schon auf ihren Notizblock geheftet. Ich bestellte das Inselfrühstück mit einem Glas Orangensaft.

»Möchten Sie Spiegel- oder Rührei dazu?«

»Rührei bitte, aber keinen Speck«, orderte ich. Die Kellnerin verschwand eilig in den Gastraum. Ich konnte mir Hoffnung auf ein schnelles Frühstück machen. Zufrieden grinste ich in die Sonne.

»Barbara? Welch ein schöner Zufall. Haben Sie wieder Streit mit Ihrer Mutter?« Schmunzelnd war Herr Seidel an meinen Tisch getreten.

»Herr Seidel, schön Sie zu sehen.« Ich lachte herzlich. »Nein, nein, Streit haben wir nicht. Nehmen Sie doch Platz. Darf ich Ihnen ein Frühstück bestellen?«, fragte ich gastfreundlich.

»Vielen Dank, das habe ich längst erledigt, aber einen Friesentee trinke ich gerne mit Ihnen.« Umständlich zog er sich einen Stuhl zurecht und ließ sich darauf fallen. Er betrachte mich mit Sorgenfalten auf der Stirn.

»Barbara, geht es Ihnen gut? Haben Sie schlecht geschlafen? Sie sehen blass aus.« So, wie ich ihn schon im Zug kennenlernen durfte, beugte er sich über den Tisch zu mir herüber.

»Ach, da könnten Sie recht haben, aber das ist eine längere Geschichte.« Auf gar keinen Fall wollte ich Herrn Seidel in meine Probleme einweihen. Er legte seine Hände in den Schoß und lehnte sich entspannt zurück.

»Ich habe Zeit. Bis zum Mittagessen ist es noch eine Weile hin.« Erwartungsvoll sah er mich über seinen Brillenrand an. Es fiel mir schwer, seinen forschenden Augen standzuhalten. Ich zog es stattdessen vor, meine Jeans zu betrachten. Auch keine besonders schöne Aussicht.

Herzklopfen

Nach einer gefühlten Ewigkeit stand das Frühstück vor mir. Beherzt angelte ich mir ein Brötchen aus dem kleinen Korb und teilte es in zwei Hälften. Wie immer bevorzugte ich zuerst die untere Hälfte. Herr Seidel ließ mich nicht aus den Augen. Kauend begann ich ihm die ganze Geschichte zu erzählen. Zum Schluss erfuhr er von meiner Ehe, meinen Kindern, die in Hamburg studierten, und nicht zuletzt von meinem Beruf. Herr Seidel schwieg unterdessen, interessiert verfolgte er jedes Detail meiner Erzählungen. Am Ende hatte ich das Gefühl, er wusste mehr von mir als meine Mutter.

»Wollen wir uns nicht duzen?«, war sein einziger Kommentar. Ich konnte mir nicht helfen, aber Gunther wurde mir immer sympathischer. Überhaupt erschien er mir viel größer, als ich ihn von unserer gemeinsamen Zugfahrt in Erinnerung hatte. Vermutlich hatte er so schmächtig auf mich gewirkt, weil er voller Ehrfurcht seine Reise angetreten war und gespannt auf die Dinge wartete, die ihn ereilen würden. Ich stimmte seinem Vorschlag freudig zu.

»Was meinst du, Barbara, wollen wir heute Mittag bei Gosch essen? Ich möchte gleich mit einem Fischkutter auf Fang gehen. Ich bin dort schon angemeldet, aber wenn du mich begleiten willst …?« Auffordernd sah er mich an.

»Nein danke, Gunther, ich habe schon viele solcher Fahrten gemacht. Heute verspüre ich überhaupt keine Lust, mit Kindern und Eltern auf Beutefang zu gehen.« Es tat mir leid, dass ich auch das Essen ablehnen musste, da ich mit Käthe und Elsa in der *Seenot* verabredet war. Spontan lud ich ihn ein, mich zu begleiten. Gunther war sofort Feuer und Flamme über diesen Vorschlag. Ich bezweifelte amüsiert, dass Käthe Freudentänze vollführen würde, sollte er mit mir dort auftauchen.

»Die beiden haben ja das richtige Lokal für dich ausgewählt, nicht wahr?« Seine kleinen, klugen Augen forschten in meinem Gesicht, während er sich schon für seine Kutterfahrt erhob.

»Ja, so sind sie«, kicherte ich albern.

Ein wenig aufgeregt machte Gunther sich auf zum Fischerboot, um auf Seetierfang zu gehen. Schiff ahoi!

An Gunthers wachsame Augen hatte ich mich bereits gewöhnt, aber auch nach seinem Weggehen spürte ich, dass ich beobachtet wurde. Ich konnte jedoch nicht ausmachen, von wem. Ich ignorierte mein ungutes Gefühl, legte mein Kinn auf den Handrücken und sah Gunther noch eine Weile lächelnd nach.

»Lieber alter Mann«, flüsterte ich. Dann widmete ich meine Aufmerksamkeit dem Hafengetümmel. Hinter dem Glaswindschutz des Cafés hocke ein Mann, auf seinem Schoß lag ein Zeichenblock. Seine schönen Hände fielen mir gleich auf. Seine Rechte führte gekonnt einen Stift. Ich schätzte sein Alter auf Mitte fünfzig. Graue Locken blitzten aus einem Tuch hervor, das er gekonnt um seinen kantigen Kopf gewickelt hatte. Einem Piraten nachempfunden. Dazu trug er eine abgeschnittene Jeans und war barfuß. *Barfuß*? Meine Augen weiteten sich. Kannte ich diesen Mann?

Neugierige Passanten blieben stehen und bestaunten seine Kunst. Er ließ sich jedoch nicht ablenken. Der Maler war in seinem Element. Von der Seite erforschte ich sein Gesicht. Seine großen braunen Augen fixierten konzentriert die Leinwand, mal skeptisch, ein andermal zufrieden. Er lächelte glücklich, so als ob in diesem Moment ein Kunstwerk geboren wurde, dessen er sich sicher war.

Ich rief der Kellnerin meine Zahlungsabsichten zu und suchte nach meinem Portemonnaie. Bodo, der den Schatten unter dem Tisch ausgenutzt hatte, huschte hervor, damit ich ihn auf keinen Fall vergessen konnte.

Gestärkt und zufrieden verließ ich die Sonnenterrasse. Ich steuerte direkt auf den Maler zu, ging an ihm vorbei, nicht ohne einen Blick auf das Kunstwerk zu riskieren. Ruckartig blieb ich stehen. Ein Schauer lief mir über den Rücken. Diese Person auf dem Zeichenblock kannte ich nur zu gut. Erstaunt sprach ich ihn an.

»Woher kennen Sie meine Mutter?« Dabei sah ich mich um, ob sie irgendwo in der Nähe war und diesem Künstler unbewusst Model saß. Er sah zu mir hoch, wobei ihm ein Strahlen übers ganze Gesicht huschte, um sofort wieder ernst zu werden. Nun erkannte ich ihn auch. Der Reste-Esser aus Husum. Wie kam der denn hier her? War er mir etwa gefolgt?

»Sieh mal genau hin. Das ist die Frau, mit der ich alt werden möchte. Ich stelle mir vor, wie sie in zwanzig Jahren aussehen würde. Glücklich an meiner Seite. So wirst du eines Tages sein: wunderschön, zuckersüß und von mir geliebt.« Er sprach leise, liebevoll, fast sanft. Mir blieb die Spucke weg. Mein Mund wurde trocken, ich suchte nach Worten. Mein Körper sendete mir Signale, die ich schon lange nicht mehr kannte. Für einen kurzen Augenblick ging meine Phantasie, von der ich nicht die leiseste Ahnung hatte, dass sie vorhanden war, mit mir durch. Ich musste tief Luft holen. Malte mir aus, was er sonst noch mit mir anstellen könnte. Ob er gut küssen konnte?

Barbara Kleinschmidt, komm wieder zu dir, was machst du hier in aller Öffentlichkeit? Mit einem schmerzlichen Ruck riss ich mich aus meinen Tagträumen. Ich bekam dennoch ein mildes Lächeln zustande.

»Sie sind nicht nur ein begnadeter Maler, sondern auch

noch ein außergewöhnlicher Spinner. Schönen Tag noch.« Schnell drehte ich mich weg, um weiterzugehen. Fassungslos über meine verwirrten Phantasien, grübelte ich außerdem darüber nach, wie es sein konnte, dass ich wie meine Mutter aussah. Eigentlich wollte ich das nie. Als Kind vielleicht, da liebte ich ihren Duft, ihre Hände und die übergroße Liebe, die sie mir erwies. Jemand zog an meinem T-Shirt, um mich zurückzuhalten.

»Schönheit, du hast etwas vergessen.« Der Straßentraum hielt mir das Porträt Käthes, ähm, von mir unter die Nase. »Ich möchte es dir schenken.«

Er stand dicht vor mir, ich konnte seine Haut riechen. Es war nicht unangenehm, musste ich mir eingestehen. Ein Hauch von Hugo Boss strömte durch meine Nasenflügel. Ich spürte meinen Puls. Wäre ich Krankenschwester gewesen, hätte ich einen Notarzt gerufen. Zögerlich nahm ich das Blatt in Empfang.

»Danke«, stotterte ich. Dann nahm ich endgültig die Beine in die Hand und verließ ihn fluchtartig. Ich musste Bodo nach Hause bringen, er sollte nicht mit nach Westerland. Mit Gunther war ich am Kutter verabredet. Wir hatten beschlossen, zusammen mit dem Bus zur *Seenot* zu fahren. In Schieflage war ich an diesem Tag schon einmal geraten, nun durfte ich gespannt sein, wie sich zusätzlich die Seenot anfühlen würde.

Bodo sah mich nicht begeistert an, als er von mir in den Hausflur geschoben wurde und ich die Tür von außen zuzog. Die Zeichnung ließ ich achtlos ins Haus segeln, ich würde mich später darum kümmern. Bodos leises Winseln drang durch die verschlossene Tür. Ich versuchte mein schlechtes Gewissen zu ignorieren. Immer noch verwirrt von den Ereignissen am Hafen, ging ich mit gemischten Gefühlen zurück.

Westerland

Gunther war überglücklich von Bord geklettert. Er hatte viele Eindrücke mit im Gepäck und plauderte munter drauflos. Seite an Seite saßen wir im Linienbus auf der letzten Bank. Gunther hatte darauf bestanden, dort Platz zu nehmen. Meine Begeisterung hielt sich in Grenzen. Mir wurde meistens übel von dem zusätzlichen Schaukeln. Großzügig ertrug ich diese Magenfolter.

Freude bereiteten mir meine Einkäufe, die ich getätigt hatte, während ich auf die Ankunft des Kutters warten musste. Ich dufte neue Shorts und einen Badeanzug mein Eigen nennen. Letzteren würde ich später mit in die Fluten der Nordsee nehmen.

Die Shorts hatte ich gleich anbehalten und meine verschmutzte Jeans war in eine Tüte verbannt worden, die ich bei mir trug. Schweigend lauschte ich Gunthers Erzählungen. Er wollte die Kutterfahrt unbedingt wiederholen. Grinsend freute ich mich für ihn, dass der Ausflug ein Erfolg gewesen war.

»Was hast du denn noch erlebt, Babs?«, wollte er ausgerechnet von mir wissen. Dass ich Gunther nicht in meine neu erwachten weiblichen Bedürfnisse einweihen wollte, verstand sich von selbst. Ich hielt meine Tüte hoch.

»Eingekauft!« Mehr sagte ich nicht. Ich schob es auf die Busfahrt, dass mein Mund wieder trocken wurde und ich das Gefühl hatte, mein Magen flatterte. Gunther beließ es als Reaktion bei einer hochgezogenen Augenbraue.

Der Bus stoppte in Westerland und wir beeilten uns mit dem Aussteigen. Es herrschte viel Betrieb in der Einkaufsmeile, so dass wir aufpassen mussten, uns nicht zu verlieren. Ich befürchtete, dass Käthe und Elsa bereits ungeduldig auf mein Eintreffen warteten. Von Gunther wussten sie ja noch nichts. Mit fünf Minuten Verspätung fanden wir uns vor der *Seenot* ein.

Ich blinzelte die Meile entlang und traute meinen Augen nicht. Käthe und Elsa steuerten auf uns zu. Ich hätte sie fast nicht erkannt. Sie hatten die Geschäfte unsicher gemacht. Darauf deuteten zumindest die vielen Tüten hin, die sie mit sich schleppten. Käthe hatte einige ihrer Errungenschaften gleich anbehalten. Sie schwebte förmlich als rosa Bonbon verkleidet auf uns zu, trug einen rosa Sommerhut, rosa Bluse und einen fliederfarbenen Rock. Pinkfarbene Pumps waren der krönende Abschluss dieser kleinen, zierlichen Person. Mir war zwar nicht klar, was in sie gefahren war, aber Käthe kam daher wie ein süßer, warmer Sommerwind auf Drogen. Elsa hatte ebenso einige Tüten voller Glücklichmacher bei sich. Ihre Kleidung, stets in gedeckten Farben, stellte einen krassen Kontrast zu ihrer Schwester dar. Trotzdem bildeten sie die Einheit, die sie seit ihrer Kindheit waren. Meine beiden Engel. Fast musste ich vor Rührung weinen, aber nur fast. Freudig winkend, wie es eben vollbepackt noch möglich war, näherten sie sich.

»Huhuu, Babsi, da sind wir!«, kicherten beide gleichzeitig.

»Schön, dass du es einrichten konntest. Hast du auch solch großen Hunger?«, rief Elsa. Da Elsa sonst selten laut über die Straßen rief, nahm ich an, dass die Engelchen Prosecco intus hatten. Prustend vor Lachen versuchte ich zu antworten.

»Ja, na klar, hier auf Sylt hat man doch immer Hunger, oder?«

Muddi umarmte mich herzlich. Mir fiel dabei sofort ihr neues Parfüm auf, sie duftete wie frisch gepudert. Zuckersüß, passend zum neuen Outfit. Misstrauisch sah Käthe an mir vorbei, dorthin, wo Gunther zurückhaltend wartete.

»Ich habe Gunther eingeladen, mit uns gemeinsam Mittag zu essen. Ihr kennt euch doch noch?«, fragte ich überflüssigerweise. Elsa drückte sich energisch an mir vorbei. Sie reichte Gunther die Hand.

»Herr Seidel, wie schön. Haben Sie schon viele Eindrücke der Insel gewinnen können?«, fragte sie ihn mit warmer Stimme. Käthe schnaubte im Hintergrund ihren Protest.

»Frau Paulsen …«

»Unsinn, ich heiße Elsa, basta«, unterbrach meine Tante ihn.

»Freut mich, Elsa.«

Er wandte sich an Muddi und schmeichelte ihr mit einem Lob über ihr Aussehen. Wurde Muddi etwa rot? Wie niedlich. Dann konnten wir ja endlich zu Tisch gehen.

Gunther erwies sich als ausgesprochen guter Gesellschafter. Aufmerksam sorgte dafür, dass wir Damen mit Getränken versorgt wurden, und glänzte mit Smalltalk. Meine Mutter war sichtlich geschmeichelt. Immer wieder trafen sich ihre Blicke, die Käthe eine rosige Farbe verliehen. Oder lag es an ihrer Kleidung? Auch das wäre nicht verwunderlich gewesen.

»Barbara, wir haben Saskia getroffen. Sie war so komisch, kurz angebunden. Weißt du, was mit ihr los ist?«, erkundigte Käthe sich besorgt. Elsa schien eine Ahnung zu haben.

»Ist *sie* die Freundin, von der du letzte Nacht gesprochen hast?«

»So ist es, Elsa.«

»Gibt es einen Zusammenhang mit dem merkwürdigen Freund an ihrer Seite? Die ganze Insel spricht schon davon. Für meinen Geschmack versteht er sich zu gut mit Melanie. Ich finde das alles äußerst bedenklich.«

Meine Tante hatte mal wieder das richtige Gespür. Ich erzählte ihnen, was sich am Strand ereignet hatte. Nicht ohne zu erwähnen, dass Gunther bereits eingeweiht war.

»Ach du heiliges Kanonenrohr«, entfuhr es Elsa nach kurzem Schweigen. »Was willst du nun tun? Ich meine, wir können sie doch nicht ins offene Messer rennen lassen.«

»Das hat sie schon längst getan. Solange sie mir nicht glauben will, kann ich nichts für Saskia tun, so schmerzlich es auch ist. Für alle.« Ich hoffte, mir würde noch etwas einfallen. Gedankenverloren verfolgte ich durchs Fenster das bunte Treiben auf der Straße. Mein Herzschlag setzte für einen Augenblick aus. Ich erkannte den Maler aus List. Er schlenderte mit seinem Zeichenblock durch die Einkaufsstraße.

»Barbara, möchtest du auch noch einkaufen? Sicher benötigst du noch einiges an Kleidung. Wir sind heute Abend zum Essen eingeladen, im *Kliffkieker.*« Käthe sah mich aufmunternd an und erwartete sichtlich ein Ja. Froh über die Ablenkung richtete ich meine Aufmerksamkeit wieder auf meine Familie. Gunther gehörte schon fast dazu.

»Einladung? Von wem?« Erstaunt sah ich von einer zur anderen.

»Ein lieber Freund von mir feiert seinen Geburtstag im klitzekleinen Rahmen. Uns hätte er gerne dabei«, meldete Elsa sich zu Wort. »Aber ein bisschen hübsch wollen wir uns schon machen, nicht wahr, Käthe?« Sie strahlte meine Mutter dabei so an, als ob es sich um eine Romanze handelte. Ich verspürte überhaupt keine Lust, auf irgendeinem Geburtstag zu glänzen. Darum versuchte ich es mit einer Notlüge, um die beiden nicht zu enttäuschen.

»Oh, wie schade, ich bin heute Abend schon mit Gunther verabredet. Aber euch wünsche ich viel Spaß dabei.« Leichter Schweiß drang aus meinen Poren. Die beiden bemerkten fast immer, wenn ich schwindelte. Ich war stolz auf Gunther, er wirkte überhaupt nicht überrascht und verzog keine Miene. Innerlich triumphierte ich bereits über unser stilles Geheimnis. Dankbar hielt ich Augenkontakt mit meinem Retter. Nach einem kurzen Räuspern tupfte Gunther sich mit der Serviette den Mund.

»Liebe Babs, ich habe heute schon so viel gegessen, verhungern werde ich sicher nicht. Ich gebe dich frei für den heutigen Abend.« Er lächelte mich süffisant an und legte die Serviette sorgsam beiseite. Alter Gauner. So ein Verräter.

»Siehst du, Kindchen, es lässt sich alles regeln. Dann können wir ja den nächsten Einkauf starten.« Elsas Unternehmungslust war ungebrochen – sie scharrte schon unter dem Tisch mit den Hufen. Käthe wirkte wenig begeistert.

»Da muss ich passen, geht ihr mal alleine. Ich fahre mit dem Bus nach Hause«, bestimmte meine Mutter. Gunther erhob sich, richtete sich auf und blinzelte verlegen.

»Frau Käthe, darf ich dich nach Hause begleiten? Wir könnten Elsas Tüten mitnehmen, damit sie nicht alles schleppen muss.«

Käthes Gesichtszüge wurden unnatürlich weich. So einen geraden Rücken hatte ich bei ihr schon lange nicht mehr gesehen.

»Wenn du ›Frau‹ weglässt, können wir darüber reden«, flötete mein Mütterlein. Fast wäre ich an meinem letzten Schluck Bier erstickt im Bemühen, nicht zu kichern.

Der kleine Rahmen

Vollbeladen mit Tüten machten Käthe und Gunther sich auf zur Bushaltestelle. Käthe überließ Gunther gönnerhaft die Verantwortung, ihre erworbenen Schätze zu tragen. Sichtlich stolz ließ sie sich hofieren. Gunther schien es nichts auszumachen, Tüten mit Wäsche und Bekleidung meiner Mutter durch Westerlands Straßen zu schleppen. Belustigt schaute ich ihnen noch eine Weile nach. Elsa sah sich währenddessen schon um, welches Geschäft für mich in Frage kommen würde. Zielsicher steuerte sie auf das teuerste zu. Ich schnaubte entrüstet.

»Elsa, bist du sicher, dass wir hier richtig sind? Ich möchte mein Bankkonto nicht sprengen.«

Meine Tante ließ sich jedoch nicht davon abbringen.

»Ich gebe etwas dazu. Wäre ohnehin längst mal wieder fällig. Ich will dich heute Abend strahlen sehen, Liebes.« Warmherzig blickte sie zu mir auf. Ihre Augen bekamen dabei einen verdächtigen Glanz.

Beim Betreten des Geschäftes schlug uns kühle Luft entgegen. Offensichtlich sorgte eine Klimaanlage für angenehmere Temperaturen. Hier eine passende Garderobe zu finden, entzog sich meiner Vorstellungskraft und meinem Konto allemal. Skeptisch beäugte ich die Auslagen. Edle Stoffe versprachen puren Luxus. Ich fühlte mich unwohl und vermied einen Blick auf die Preisschilder. Leichte Übelkeit ergriff von mir Besitz. Ein deutliches Zeichen, dieses Geschäft schnellstens zu verlassen.

Elsa ließ sich davon nicht einschüchtern. Eine Verkäuferin hatte uns schon erblickt und uns zu ihren neuen Opfern auserkoren. Freundlich erkundigte sie sich nach unseren Wünschen.

»Wir schauen uns nur um«, informierte ich sie ebenso freundlich.

»Meine Nichte benötigt ein neues Kleid, ihrem Typ entsprechend«, meldete Elsa sogleich. Ich war gefangen in der Höhle der Modewelt. Die Beraterin taxierte mich von oben bis unten, dann führte sie uns in eine Abteilung, von der sie annahm, sie könnte das Richtige für mich beherbergen. Elsa sah sich kurz um.

»Ja, ich denke, es könnte etwas Passendes dabei sein.« Sie nickte wohlwollend. Mir wurde schwindelig, die Preisschilder sprangen mich an wie wilde Tiere. Unmöglich, ich musste Elsa wieder hinausbringen, bevor wir uns beide finanziell ruinierten. Der Versuch erwies sich als zwecklos.

Elsa schob mich in eine Umkleidekabine und gab der Verkäuferin ein Zeichen, dass es losgehen konnte. Seufzend entkleidete ich mich, um auf die ersten Stücke zu warten. Ein Kleid nach dem anderen begrüßte mich mit einem Preisschild, das mir den Schweiß auf die Stirn trieb.

»Nun guck nicht immer gleich auf den Preis. Es soll dir in erster Linie gefallen«, schimpfte Elsa leise mit mir.

»Aber ich glaube nicht, dass ein Kleid das Richtige für mich ist. Kleider habe ich so gut wie gar nicht in meinem Schrank«, versuchte ich zu protestieren.

»Dann wird es aber Zeit«, bestimmte meine Tante resolut. Die Modeberaterin brachte unbeirrt weitere Stücke in meine Kabine, von denen sie glaubte, sie könnten mein Kleid der Begierde sein. Vom vielen Anprobieren standen meine Haare in alle Richtungen. Ich wusste nicht, ob ich mich mit meiner Frisur, oder dem, was davon übrig war, auf die Straße trauen wollte. Ich gestand mir noch eine Anprobe zu, dann musste

Schluss sein. Andere Geschäfte sollten auch noch ihre Chance erhalten, mein Konto zu sprengen.

Mir wurde ein bordeauxfarbenes Kleid in die Kabine geschoben, das mir sofort den Atem raubte. Schlicht, aber trotzdem elegant mit kleinen Pailletten auf den Schultern, die in den Farben des Kleides schimmerten.

»Reine Seide«, erwähnte die inzwischen verzweifelte Verkäuferin. Ihre Bemerkungen waren auffällig zurückhaltender geworden.

Ich schlüpfte in das bezaubernde Etwas und glaubte zu träumen. Es war so leicht, ich fühlte mich fast nackt. Nur der Spiegel überzeugte mich davon, ein Kleid anzuhaben.

»Engelchen, einfach hinreißend.« Elsa hatte mich seit meiner Kindheit nicht mehr Engel genannt. »Es ist wie für dich gemacht, du wirst der Star des Abends sein.« Tränen standen meiner Tante in den Augen.

»Elsa, du übertreibst«, flüsterte ich ergriffen. Trotzdem glaubte ich ihr.

»Wie schlank du aussiehst, wunderschön!« Elsa kam aus dem Schwärmen nicht mehr heraus. Sie wandte sich an die Verkäuferin.

»Die passenden Schuhe braucht sie noch, Größe 39 bitte.«

Ich hatte kein Preisschild gesehen, darum zerrte ich an mir herum, wurde jedoch nicht fündig. Ruhiger wurde ich dadurch nicht. Erneut ergriff ein leichter Schwindel von mir Besitz. Ich wurde abgelenkt, als mir die Schuhe gebracht wurden. Knallrote Lackschuhe mit Schlangenoptik und für meine Verhältnisse riesigen Absätzen. Schon beim Anziehen wusste ich: Die würde ich nie wieder hergeben. Elsa klatschte begeistert in die Hände, zwinkerte der Verkäuferin zu und deutete ihr an, die Rechnung fertig zu machen. Ich erfuhr nie, wie viel es gekostet hatte. Elsa erledigte die Horrorzahlung, noch während ich mich wieder in Straßenklamotten hüllte. Meinen Protest tat sie mit einer Handbewegung ab und verließ erhobenen Hauptes das Geschäft.

»Ich freue mich schon auf das nächste Mal, gnädige Frau«, heuchelte die sichtlich erleichterte Dame der Luxuswelt. Draußen auf der Straße wurde ich von einer glücklichen Tante angestrahlt.

»Wo hast du denn dein Auto geparkt, Elsa?«, erkundigte ich mich. Einige Meter weiter hatte ich den Straßenmaler erkannt und wollte ihm auf keinen Fall über den Weg laufen. Schon aus der Ferne ereilte mich ein Herzklopfen, für das ich nicht den Kaffee verantwortlich machen konnte. Es hatte noch keinen gegeben.

Wenige Stunden später betraten wir das Lokal *Kliffkieker*. Ich ging nicht, ich schwebte. Mein Kleid hatte mich in eine Prinzessin verwandelt. Das Restaurant direkt am Meer war so überfüllt, es hätte keine Briefmarke mehr Platz gefunden. Alle standen mit Sektgläsern in den Händen herum und richteten ihre Augen auf uns. Die Neuen. Elsa drängelte sich unbeeindruckt durch die Menge, um das Geburtstagskind zu suchen, meine Hand ließ sie dabei nicht los. Kurz bevor die freigewordene Gasse sich wieder schließen wollte, zog sie mich hindurch. Ich wurde angestarrt, als ob ich nackt wäre. Immer wieder kontrollierte ich, ob ich auch wirklich mein Kleid trug. Ich spürte es ja kaum.

»Hach, Henrik, da bist du ja. Meinen herzlichen Glückwunsch zum Geburtstag, mein Lieber. Darf ich dir meine Nichte vorstellen?« Sie drückte dem Geburtstagskind ihr mitgebrachtes Geschenk in die Hand.

Henrik Brand war ein großer, kräftiger Mann mit grauem Kurzhaarschnitt. Er wirkte selbstbewusst und freundlich. Interessiert musterte er mich bei der Begrüßung. Wie sich herausstellte, war er einer der wichtigsten und reichsten Architekten auf Sylt. Es war mir unbegreiflich, woher Elsa diesen Mann kannte.

»Denkst du immer noch nicht an den Ruhestand, Henry?«, wollte Elsa besorgt wissen.

»Ach, Elsa, wenn ich doch einen Nachfolger hätte. Piet denkt nicht daran. Er ist zufrieden, wie er lebt. Piet hat sich auf dem Festland einen Namen als Architekt gemacht und ist der Meinung, genug gearbeitet zu haben. Er kommt gut zurecht«, berichtete er, dennoch sorgenvoll.

»Wo ist er, stellst du ihn mir endlich mal vor? Ich bin sehr gespannt auf deinen Spross. Meine Nichte kennst du ja nun.« Zur Bestätigung nahm sie mich stolz in den Arm.

»Er kommt wie immer später. Man könnte glauben, er brauche seinen Show-Auftritt«, brummte Henrik ungehalten. Ich sah mich besorgt nach meiner Mutter um, unbegründet, wie sich herausstellte. Sie stand dicht neben mir und bestaunte die Sylter Gesellschaft.

Ein weiterer Gratulant nahm Henriks Aufmerksamkeit in Anspruch. Wir mischten uns mit einem Glas in der Hand unters Volk.

»Sagtest du nicht, es würde ein kleiner Rahmen werden? Wo kommen die vielen Menschen her?«, raunte ich Elsa ins Ohr.

»Für Henriks Verhältnisse ist dies durchaus ein kleiner Rahmen, Liebes.« Sie tätschelte mir besänftigend den Arm.

Na, super, ich mochte keine großen Gesellschaften, auf denen ich Smalltalk halten musste. Ich empfand dies alles als sehr oberflächlich. Am liebsten wäre ich mit Bodo am Strand spazieren gegangen, barfuß, mit einem Zwischenstopp, um ein Bier zu trinken. Da stand ich nun in einem Kleid, welches ein Vermögen gekostet hatte, und wünschte mir nichts sehnlicher als einen unverkrampften Strandspaziergang.

Trotzdem war das Essen hervorragend. Hin und wieder gelangen mir Gespräche, die unerwartet sehr nett waren. Käthe genoss den Abend in vollen Zügen. Mehrere Verehrer machten ihr sogar den Hof. Zum Glück hatte sie schon mit Gunther erste Flirterfahrungen gesammelt.

Die vielen Menschen erdrückten mich immer mehr. Irgendwo ertönte ein wildes Hallo, als ein Neuankömmling laut und fröhlich begrüßt wurde. Ich musste schleunigst an die frische Luft. Ich trat hinaus auf die Terrasse und schaute aufs Meer. Der Strand war leergefegt, nur einige Möwen schrien in der Ferne. Endlich konnte ich tief durchatmen. Für einen kurzen Moment schloss ich die Augen. Unbemerkt war mir jemand gefolgt, ich spürte plötzlich einen warmen Körper neben meinem.

»Wunderschön bist du heute Abend, ist das schon dein Hochzeitskleid?« Das Blut gefror in meinen Adern. Beim Umdrehen sah ich direkt in Augen, die ich immer wieder erkennen würde.

Der Straßenmaler. Eine Gänsehaut bedeckte meinen ganzen Körper.

»Du frierst ja, Schönheit. Darf ich dir mein Sakko geben?« Es blieb keine Zeit zum Protest, sanft legte er mir seine Jacke über die Schultern. Sofort verströmte diese einen betörenden Duft.

»Wie kommen Sie denn hier …« Er legte mir seinen Zeigefinger auf die Lippen, die sofort zu prickeln begannen.

»Psst, das spielt doch keine Rolle, Cinderella, ich bin überall dort, wo du bist.« Er lächelte verführerisch und trat ganz nah an mich heran. Mein Herz schlug Purzelbäume, riss meinen Puls mit sich und ließ meinen Magen vor lauter Schmetterlingen explodieren. In mir tobte ein Sturm, der es nicht zuließ, dass ich mich einfach davonmachte. Der große Unbekannte ergriff meine Hand, um mich völlig willenlos an den Strand zu führen. Eine Marionette wäre sicherlich schwieriger zu bewegen gewesen. Ich war Wachs in seinen Künstlerhänden.

»Wie heißt du eigentlich?«, krächzte ich heiser, mit einem dicken Kloß im Hals.

»Peter, Peter Asmus. Darf ich auch den Namen meiner zukünftigen Frau erfahren?« Peter blieb stehen, um mich noch einmal genauer zu betrachten. Aus seinen Augen blitzte der

Schalk. Ich verstand die Welt nicht mehr. Ich musste mich räuspern, bevor meine Stimme mir gehorchte.

»Barbara Kleinschmidt«, hauchte ich dämlich. Mein Zittern kam nicht von der kalten Brise.

Ein leichter warmer Sommerwind schlich leise über den Strand. Ich zog meine Schuhe aus und klammerte mich an ihnen fest. Der Sand knirschte sanft unter meinen Füßen. Peter war, wie schon am Morgen, barfuß. Ein eigenartiger Kontrast zu seinem Anzug. Wir entfernten uns immer weiter von der Geburtstagsfeier. Die Musik begleitete uns noch eine Weile, bis auch sie nur noch im Flüsterton zu vernehmen war. Schweigend setzten wir unseren Weg fort. Ich hatte keine Ahnung, wo er uns hinführen würde. Eine Leichtigkeit übermannte mich, die ich zuletzt in meiner Jugend dank eines Joints verspürt hatte. Haha, Babsi vollgedröhnt. Wenn meine Kollegen bei Gericht das erfuhren, sie würden aus dem Staunen nicht mehr herauskommen.

Sternenzauber

Mein Zeitempfinden war völlig verloren gegangen. Irgendwann fanden wir einen unverschlossenen Strandkorb. Peter schlug eine Pause vor. Wir setzten uns hinein und hörten den Wellen zu, die den Strand erobern wollten. Zögerlich legte Peter seinen Arm um mich und erklärte mir die Sterne. Mit angehaltenem Atem lauschte ich seinen Erzählungen. Mir war es gleichgültig, ob jedes Detail der Wahrheit entsprach. Ich ließ mich einlullen von seiner warmen Stimme.

»Hast du manchmal auch Schuhe an?«

Peter streichelte zur Antwort mit seinem Fußrücken zärtlich meine Waden. Ein schlagendes Argument, dem ich nichts entgegenzusetzen hatte.

»Peter, ich verstehe die Welt nicht mehr. Was passiert hier zwischen uns?«, fragte ich mit bebender Stimme.

»Nun, ich habe keine Ahnung. Bitte glaube mir, ich baggere sonst keine Frauen an, mit der Absicht, mein Leben mit ihnen zu teilen. Zum Leidwesen meiner Familie wollte ich nie eine Frau ständig an meiner Seite haben. Du bist die Ausnahme.«

Zu gerne war ich bereit, ihm zu glauben. Ich hatte mich in einen Unbekannten verliebt.

Mein kostbares Kleid lag ausgebreitet über unserem Strandkorb. Dass es wie eine Flagge in der Dämmerung leuchtete, war mir nicht bewusst. Ich vergaß alles um mich herum. Peter war nicht nur mit Bleistift und Papier ein begnadeter Künstler.

Schwerelos schauten wir noch lange zum Sternenhimmel. Nackt, Hand in Hand und innerlich aufgewühlt.

»Kommst du mit zu mir?«, bat Peter mich zärtlich. Ich lachte laut auf.

»Nein, lieber nicht. Ich ziehe mein Bett vor, der Hafen von List ist mir auf Dauer zu unbequem. Oder gibt es Brücken auf Sylt, unter denen du übernachtest? Wo hast du eigentlich den Anzug her und wie bist du auf diese Party gekommen?«

Peter richtete sich auf und begann laut zu prusten.

»Muss ich mir Sorgen machen, Barbara, dass du mit jedem Penner deine Nächte verbringst?« Er kam aus dem Lachen nicht mehr heraus. Schlagartig wurde er ernst. »Schönheit, es ist nicht immer, wie es scheint.« Liebevolle Blicke schossen wie Pfeile in mein Herz. »Es ist wunderbar, ich durfte als Penner dein Herz erobern. Glücklicher konntest du mich nicht machen.«

Ich dachte an meine Familie und die Kollegen bei Gericht. Wie würden sie reagieren, wenn ich wie ein liebestolles Eichhörnchen in Erscheinung trat? Alle kannten mich sachlich, kontrolliert und pflichtbewusst. Alles Attribute, die zu meiner augenblicklichen Lage nicht passten. Am liebsten hätte ich an Ort und Stelle ein Zelt aufgebaut, um mich nur noch Peter und meiner Verliebtheit hinzugeben. Ich fragte mich, wann ich wieder den Normalzustand erreichen würde. Ich war mir nicht sicher, ob ich jemals wieder normal werden wollte. Ein wenig schämte ich mich, dass ich mich so kopflos zu einer wilden Nacht hatte hinreißen lassen. Spontanität war nicht gerade eine meiner Stärken, schon gar nicht in Liebesdingen. Mir fehlte nach zwanzig Jahren Ehe die Erfahrung dazu. Zumindest in dieser Beziehung war ich um einiges reicher geworden. Dennoch traf ich eine Entscheidung.

»Bringst du mich bitte ein Stück nach Hause?«

»Dein Wunsch ist mir Befehl«, raunte er mir ins Ohr. Die nächste Gänsehaut war meine. Mein Handy erlöste mich aus meinen wirren Gefühlen. Käthe.

Kindchen, ich habe dich auf der Feier nicht gefunden. Ich hatte keine Lust mehr, dort zu bleiben. Bin schon im Bett. Muddi.

Erleichtert legte ich mein Telefon wieder beiseite. Ihr musste ich nicht mehr unter die Augen treten. Käthe hätte sofort bemerkt, dass etwas vorgefallen war. Peter war mir beim Anziehen behilflich. Trotz aller Vorsicht hatte mein Kleid ein wenig gelitten. Ein leiser Sandregen rieselte zurück auf den Strand. Da gehörte er schließlich auch hin. Mit weichen Knien stand ich mit Peter im Mondschein. Nur schwerfällig setzten wir unseren Weg fort. Peters schmale Künstlerhand nahm die meine und fast wäre es wieder um mich geschehen.

»Sehen wir uns morgen Mittag in List? Ich würde gern mit dir eine Strandwanderung unternehmen.« Peter sah mich flehend an. Es war ungewohnt für mich: Ein Mann flehte mich an. Eine Situation, die mich einzuengen drohte. Was zum Teufel stimmte nicht mit mir? Brachte die leichte Brise, die aufgekommen war, meinen Verstand wieder in die richtige Richtung? Oder umgekehrt? Ich vermisste in diesem Augenblick meine Freundin Saskia. Wie gerne hätte ich mich ans Telefon gehängt, um mit ihr zu quatschen. Früher war dies zu jeder Tages- und Nachtzeit möglich gewesen. Mir wurde bewusst, dass dieses *Früher* erst vorgestern beendet worden war. Sollte ich nun wirklich diese Sylt-Reise bereuen?

Peter überließ mich meinen Gedanken. Er ging neben mir her, hielt meine Hand warm und sicher. Ich betrachtete sein Profil. Mein Puls ging schneller und ich bereute nichts. Lächelnd blieb ich stehen und nahm sein Gesicht in beide Hände. Um ihn zu küssen, musste ich mich auf die Zehenspitzen stellen. Er kam mir ein Stück entgegen. Peters Küsse wurden fordernder und lösten erneut einen unerwarteten Sturm aus. Dabei kam mein Kleid nicht mehr so glimpflich davon.

Weit nach Mitternacht öffnete ich die kleine Pforte zu Elsas

Garten. Ich zog die Schultern etwas hoch, als ich bemerkte, dass die Pforte immer noch quietschend nächtliche Besucher ankündigte. Ich presste die Lippen aufeinander – sie schmecken noch nach Peter – und lauschte. Zum Glück schlief Bodo tief und fest, er gab keine Meldung. Vorsichtshalber ließ ich die Pforte offen. Man konnte nie wissen, ob ein weiteres Quietschen den kleinen Racker doch noch alarmierte.

Leise wie ein Dieb schlich ich weiter. Als ich verhaltenes Kichern vernahm, blieb ich abrupt stehen. Ich vermutete die Stimmen im hinteren Teil des Grundstücks. Mit angehaltenem Atem schlich ich um das Haus. Meine Neugier war geweckt. Aus Elsas Strandkorb flackerte Kerzenschein, Käthes Fuß lugte wippend hervor. Daneben streichelte Gunthers Sandale ihre Waden. Die Situation hatte verblüffende Ähnlichkeit mit meiner, am Strand mit Peter. Um nicht zu kichern, legte ich schnell den Rückwärtsgang ein. Doch noch während ich mich umdrehte, zwitscherte die Stimme meiner Mutter durch die Nacht.

»Babs, bist du das?«

»Ja, gute Nacht, ihr zwei.« Ich wollte ihnen auf gar keinen Fall unter die Augen treten.

Meine Flucht wurde von Käthe vereitelt. Sie baute sich dicht vor mir auf. Mit großen Augen sah sie an mir hoch. Käthes Wangen leuchteten immer noch rosarot. Oder schon wieder? An ihrer Kleidung konnte es dieses Mal nicht liegen.

»Wo kommst du denn so spät noch her? Ich dachte, du bist längst im Bett.« Forschend betrachtete sie mich, soweit es in der Dunkelheit möglich war.

»Käthe, ich dachte *du* bist schon im Bett. Hattest du mir nicht geschrieben, du seist müde?« Ich freute mich, dass ich nun nicht mehr die Angeklagte war. Meine Mutter rang nach Worten, besann sich jedoch gleich darauf, dass sie schließlich erwachsen war.

»Das ist etwas ganz anderes. Hat dein Verschwinden etwas mit Peter Asmus zu tun? Henrik Brand war nicht erfreut, dass sein Neffe kurz nach seinem Eintreffen nicht mehr aufzufinden war.«

Ich schluckte. »Peter ist der Neffe von Brand? Ich hatte keine Ahnung. Werde ich jetzt verklagt, wegen Verführung Minderjähriger?« Trotz meiner Fassungslosigkeit fand ich dieses nächtliche Gespräch zu köstlich.

»Babs! Also habe ich recht? Weißt du denn nicht, dass dieser Peter Asmus hinter jedem Rock her ist? Die ganze Insel spricht davon. Ich gönne dir dein Abenteuer von Herzen, Kindchen, aber bitte mach dich nicht unglücklich.« Käthe legte die Hand auf meinen Arm, den ich ihr sofort entzog. Mir wurde übel.

Ich gab Käthe einen schnellen Kuss auf die Wange. »Mach ich nicht, Muddi, keine Sorge.« Rasch drehte ich mich weg. »Ich muss schlafen, gute Nacht, Käthe!« Etwas lauter fügte ich hinzu: »Gute Nacht, Gunther.«

Ich spürte, dass Käthes besorgte Blicke mir folgten. Mit zitternden Händen schloss ich die Haustür auf.

Ich war froh, endlich allein in meinem Bett zu liegen, auch wenn mein gesamter Körper kribbelte. Ich spürte Peters Hände noch an allen Stellen, an denen er mich berührt hatte. Er war überall zu fühlen und ich fürchtete, keinen Schlaf zu bekommen. Ich beschloss, am nächsten Morgen abzureisen. Eine liebevolle SMS von Peter änderte meinen Entschluss nicht.

Als ich am darauffolgenden Morgen erwachte, musste ich mit Schrecken feststellen, dass es bereits früher Nachmittag war. Verwirrt über meinen unerwarteten Tiefschlaf, schwang ich die Beine aus dem Bett, um zu duschen.

In der Küche wurde ich schon von Elsa erwartet.

»Guten Morgen, Babs! Hast du gut geschlafen?« Ich erntete sorgenvolle Blicke.

»Ja, danke, wider Erwarten. Wo ist Muddi?«

»Sie ist schon mit Gunther unterwegs, keine Ahnung, wohin.«

Ich nahm mir einen Kaffee und lümmelte mich auf einen Stuhl neben Elsa. Unsicher sah ich meine Tante an. Sie hatte ein mildes Lächeln für mich, merkwürdigerweise spendete es mir Trost. Schweigend nippte ich an meinem Kaffee, der wie immer höllisch gut war.

»Elsa …«

»Ja«, sagte sie nur. Verständnisvoll ergriff Elsa meine Hand. Ich starrte aus dem Fenster. Ohne sie anzuschauen, stellte ich die Frage, die mich bis zum Einschlafen beschäftigt hatte.

»Stimmt es, Peter ist ein Schürzenjäger?« Unsere Blicke trafen sich.

»Eine gewisse Vorsicht wäre mit Sicherheit angebracht. Jedoch wird viel erzählt auf der Insel. Mir wurde auch schon ein Verhältnis angedichtet, an dem nichts dran war.«

Meine Augen weiteten sich. »Mit Peter?«

Elsa beugte sich vor Lachen, unter Tränen schüttelte sie ihren blondgefärbten Kopf.

»Dummerchen, natürlich nicht. Ich wollte damit nur sagen, dass man Gerüchten nicht immer Glauben schenken darf.«

»Nur leider ist fast an jedem Gerücht etwas Wahres dran«, stellte ich niedergeschlagen fest.

»Ich habe noch nie eine Frau an Peters Seite gesehen. Henrik ist sehr traurig darüber, diese Informationen habe ich aus erster Quelle. Jedoch weiß die eigene Familie am wenigsten über ihre Sprösslinge. Es sei denn, ein rotes Kleid zeigt Flagge.« Verschmitzt grinste meine alte Tante mich an. Ich hatte früh gelernt, dass mir vor Elsa nichts peinlich sein musste, aber in Anbetracht meines neuen Kleides, welches am Strand doch etwas gelitten hatte, ereilte mich eine leichte Scham. Dennoch berichtete ich ihr vertrauensvoll meine Erlebnisse. Einige Details ließ ich weg. Elsa hatte genug Phantasie, um mich zu verstehen. Sie stützte ihr Kinn ab und schaute verträumt zur Küchendecke.

»Hört sich verdammt romantisch an, mein Engel. Vielleicht

hast du ja tatsächlich die Liebe deines Lebens gefunden. Du weißt, ich wünsche dir Liebe ohne Leiden.«

»Danke, Elsa. Wie war das noch gleich? Es ist die Leidenschaft, die Leiden schafft?«

Sie drückte mir einen Kuss auf die Stirn.

»Elsa, hast *du* jemanden an deiner Seite?« Ich musste an meinen Onkel denken, Elsas Mann. Er ging vor zwanzig Jahren auf das Festland, um nie wieder zurückzukehren. Elsa fiel für einige Tage in tiefe Verzweiflung, dann raffte sie sich auf und meisterte ihr Leben alleine. An Männern hatte sie seitdem kein Interesse mehr gezeigt. Geheimnisvoll lächelnd schaute sie auf ihre Hände und rieb den Finger, wo immer noch ihr Ehering steckte.

»Ja«, hauchte Elsa. »Aber ich möchte nicht darüber reden.«

Meine Neugier war geweckt. Ich ließ sie aber in Ruhe. Ich wusste, wenn es so weit war, würde sie mir ihr Geheimnis schon verraten. Von ganzem Herzen würde ich Elsa ihr Glück gönnen.

»Elsa, wie fühlt es sich an, im Alter verliebt zu sein?« Es interessierte mich wirklich, denn ich war schließlich auch nicht mehr die Jüngste – behaupteten meine Kinder zumindest. Dann erwischte ich mich stets bei der Frage, warum ich meine Gören zur Ehrlichkeit erzogen hatte – besonders, wenn ich als Übungsopfer herhalten musste.

Ein Leuchten huschte über ihr Gesicht. Sie wirkte so verträumt wie ein Backfisch.

»Liebes, es ist genau wie früher. Im Inneren bleibt man so, wie man immer war. Nur die äußere Hülle sieht erschreckend anders aus und alles geht ein bisschen langsamer.« Ich kam nicht umhin, an meine Mutter und Gunther zu denken. Ein zweiter Frühling für die beiden? Meinen Segen hatten sie längst.

»Elsa, ich möchte heimfahren. Bringst du mich zum Bahnhof?« Ich fühlte mich plötzlich hundemüde und kraftlos.

»Wann kommst du wieder, Engel?«, fragte sie, nun sichtlich besorgter.

»Es wird bestimmt nicht so lange dauern wie das letzte Mal. Versprochen.«

Mein Handy störte schrill unsere Unterhaltung. Ich suchte es in meiner Tasche, doch als ich es gefunden hatte, hatte der Anrufer schon aufgegeben. Überraschung. Saskia. Ich konnte mir nicht vorstellen, was sie noch von mir wollte. Sollte ich zurückrufen? Oder würde ich nur wieder beschimpft werden? Während ich überlegte, was zu tun war, schellte es erneut. Vor Schreck zuckte ich wie ertappt zusammen.

»Saskia!«, hauchte ich in das Telefon. Am anderen Ende war nur Schluchzen und Schniefen zu vernehmen. Alarmiert sah ich zu Elsa.

»Um Gottes willen, Saskia, was ist passiert? Wo bist du?«

»Babsi, entschuldige, wenn ich dich störe. Ich glaube, du hattest recht. Stell dir vor, Rüdiger ist mit Melanie zusammen abgehauen. Sie sind beide weg. Die Insel verlassen, ich fürchte für immer.« Hemmungslos heulte sie, was das Zeug hielt.

»Aber wie kommst du darauf? Sind die beiden schon lange weg?« Ich wollte mehr erfahren, um mir ein Bild von der Situation zusammenzureimen. Ich kochte innerlich. Dieser Rüdiger Berger, er machte alle nur unglücklich. Mein süßes Patenkind. Ich musste sie retten. Aber wie nur? Am liebsten hätte ich die Polizei auf den Plan gerufen. Leider konnte ich mit dem Argument Verführung Minderjähriger nicht anrücken. Melanie war schon lange volljährig. Saskia meldete sich wieder zu Wort.

»Warum tun die beiden mir das an? Ausgerechnet kurz vor meinem Geburtstag, den wir gemeinsam feiern wollten.«

Es gelang mir nicht, sie zu beruhigen. »Bist du zu Hause, Süße? Soll ich vorbeikommen?«

In der Leitung war es still geworden.

»Nein, lieber nicht. Ich möchte allein sein, tut mir wirklich leid, dass ich dich gestört habe. Wenn ich darf, melde ich mich bei dir, wenn es mir wieder besser geht. Ich fürchte, wir haben viel zu besprechen. Ich bin so eine dusselige Kuh.« Saskia beendete das Gespräch, indem sie einfach auflegte.

Nachdenklich betrachtete ich mein Handy. Ich hatte noch Saskias Stimme in meinen Ohren. Wie ein Echo zerrte sie an meinen Nerven. Ich war ernsthaft in Sorge. Elsa lief unentwegt in der Küche auf und ab, einiges hatte sie mithören können.

»Babs, da kann man doch nicht einfach zuschauen. Fahr doch zu ihr«, flehte sie eindringlich. Für einige Sekunden zögerte ich.

»Nein! Sie will es so. Einen Teufel werde ich tun, womöglich schmeißt sie mich raus. Dann wäre unsere Freundschaft endgültig vorbei. Saskia hat einmal angerufen und wird es wieder tun. Sollte sie es irgendwann wollen, dass ich sie besuche, wird sie es mich wissen lassen.«

Entschlossen nahm ich mein Handy erneut zur Hand. Ralf Steinke nahm sofort ab.

»Barbara, hast du schon einen Inselkoller? Wann bist du wieder in Husum? Ich vermisse dich.«

Die fröhliche Stimme meines Kollegen zu hören, tat gut. Ich ließ mich jedoch nicht auf seinen Smalltalk ein, sondern kam gleich zur Sache.

»Ralf, du musst mir einen Gefallen erweisen …«

»Jeden«, unterbrach er mich. »Das weißt du doch. Was bekomme ich dafür?«, scherzte er. Ich ließ mich nicht beirren und redete weiter.

»Sieh bitte einmal im Archiv nach. Rüdiger Berger. Der Fall müsste zwei oder drei Jahre zurückliegen. Ich habe damals das Urteil gesprochen und will wissen, seit wann und warum er schon auf freiem Fuß ist. Würdest du das bitte schnellstens für mich erledigen? Es ist sehr wichtig für mich.«

»Frau Richterin Kleinschmidt, ich habe gleich Feierabend und einen langen Tag hinter mir. Schließlich muss ich während deiner Abwesenheit für zwei arbeiten und bekomme nur das Gehalt einer halben Kraft.« Typisch Ralf, er übertrieb mal wieder. Ich kicherte in den Hörer.

»Hättest du in der Schule aufgepasst, müsstest du jetzt nicht so viel arbeiten.« Ich gab Ralf die Faxnummer meiner Tante, mein Notebook hatte ich leider in Schobüll gelassen. Seinen Protest, wichtige Dokumente an ein fremdes Faxgerät zu schicken, schmetterte ich ab.

»Keine Sorge, Ralf, ich sitze direkt am Faxgerät und niemand anderes bekommt es zu sehen. Also, was ist? Kann ich auf dich zählen?«

»Wie immer, Barbara. Gib mir eine halbe Stunde.« Er hatte aufgelegt.

Meeresrauschen

Inzwischen waren Käthe und Gunther zurückgekommen. Käthe war über und über mit Schlick besudelt. Ihre Haare, die sonst stets gestylt waren, klebten vor Dreck. Immerhin wurden dem Schlick heilende Kräfte nachgesagt. Meiner Mutter war es in diesem Moment gleichgültig. Sie kicherte ausgelassen.

»Muddi, wie siehst du denn aus? Hast du eine Schlammkur gemacht? Warum hast du dich nicht vorher ausgezogen?«

Gunther stand schuldbewusst in der Küchentür. Triefend vor Nässe stand Käthe zwischen uns. In regelmäßigen Abständen klatschte ein Schlickklumpen auf den Küchenfußboden.

»Ach, weißt du, wir haben eine Watt-Tour unternommen, und als das Wasser zurückkam, habe ich einen Priel übersehen. Plumps lag ich drin. Bis zum Hals stand ich im Wasser. Gunther hat mich gerettet. Wäre er nicht gewesen …«

»Dann wärest du nie ins Watt gegangen«, vermutete Elsa trocken. Lachend standen wir um Muddi herum.

»Käthe muss dringend aus den Klamotten raus, sonst wird sie noch krank.« Gunther war sichtlich besorgt. Kurzerhand schoben Elsa und ich die Havaristin in das Badezimmer und halfen ihr prustend und feixend aus der Kleidung. Als mein Telefon klingelte, überließ ich die beiden Schwestern ihrem Schicksal.

»Ralf hier. Du, Barbara, der Berger ist vor einem halben Jahr wegen guter Führung frühzeitig aus der Haft entlassen worden. Er konnte einen festen Wohnsitz nachweisen. Den

Unterlagen zufolge scheint er mittlerweile auf Sylt eine Bleibe gefunden zu haben. Ähm, Barbara? Du bist doch auch auf Sylt. Was hast du mit Berger zu tun? Steckt er, oder vielleicht du, in Schwierigkeiten? Mach da bitte keine Alleingänge, du bist nicht bei der Kripo! Ich schicke dir morgen Verstärkung, wenn du willst.«

»Danke, nicht nötig«, erwiderte ich betont sachlich. »Du wolltest mir doch ein Fax schicken. Aber danke, deine Auskunft reicht mir erst einmal.«

»Barbara Kleinschmidt, ich habe dir ein Fax geschickt. Wer hat es in Empfang genommen, wenn nicht du?«

Nicht zum ersten Mal war ich froh darüber, kein Bildtelefon zu besitzen. Gunther kam mit einigen Blättern in die Küche. Er wollte gerade rufen. Schnell legte ich den Zeigefinger auf die Lippen. Er verstand zum Glück sofort.

»Du wolltest mich anrufen, bevor das Fax kommt. Mein Telefon lag in einem anderen Zimmer. Ich müsste zaubern, um beides gleichzeitig bedienen zu können.« Gekonnt legte ich einen vorwurfsvollen Ton ein. Muddis Schlammschlacht verschwieg ich bewusst.

»Schon gut, schon gut«, sprach Ralf beschwichtigend auf mich ein, während ich zufrieden grinste.

»Danke, Ralfi. Wir sehen uns am Montag. Schönes Wochenende.«

Inzwischen kam Käthe zurück aus dem Bad. Eingehüllt in Elsas Bademantel, duftete sie wie ein frisch gepuderter Säugling mit einem Turban auf dem Kopf und Hausschuhen an den Füßen.

Gunther bekam bei ihrem Anblick glasige Augen. Seinem Gesichtsausdruck zufolge überlegte er krampfhaft, ob seine Holde unter ihrer Verhüllung aus Frottee nackt war. Nach der ganzen Aufregung hatten wir uns einen Kaffee verdient. Kaffee schlürfend und Kekse knabbernd verkündete Käthe: »Ich bleibe länger bei Elsa, sofern sie mich noch ertragen kann. Mich vermisst niemand in Husum.«

»Du meinst, bei Gunther. Ich bin da wohl nur ein Alibi«, kommentierte meine Tante.

»Apropos Alibi«, wich mein Mütterlein geschickt vom Thema ab. »Was ist denn nun mit Melanie und diesem Kriminellen? Muss man sich Sorgen machen? Kannst du etwas tun, Babs?«

»Ich habe keine Ahnung«, lautete meine ehrliche Antwort. Dieses geheimnisvolle Fax gab keine Hinweise. Es sah so aus, als ob Rüdiger Berger tatsächlich wegen guter Führung entlassen worden war. Mir wurde übel, wenn ich an den armen alten Mann dachte, der immer noch unter den Folgen des Überfalls zu leiden hatte.

»Wenn ich doch nur wüsste, wo Melanie steckt! Ich würde sie am Kragen schnappen und sofort wieder nach Hause bringen.« Schwer seufzend nippte ich an meinen Kaffee. Elsas Gesicht hellte sich auf.

»Sie hat doch von ihrem Opa ein Haus auf Nordstrand geerbt. Vielleicht haben die beiden jetzt dort ihr Liebesnest gebaut. Sollen wir nicht mal alle dorthin fahren? Ich weiß, wo das Häuschen steht.«

»Kommt überhaupt nicht in Frage, Tantchen. Ich werde mich darum kümmern. Ich weiß zwar noch nicht wie, aber mir fällt da schon etwas ein«, bestimmte ich mit Nachdruck. »Ich fahre morgen aufs Festland. Heute wird es eh zu spät.«

»Wir werden später bei Gosch essen. Möchtet ihr uns begleiten?« Muddi sah von Elsa zu mir. Gunther wirkte sichtlich erleichtert, nachdem wir beide einstimmig abgelehnt hatten.

»Ich muss an die Luft, den Kopf frei bekommen. Für heute muss ich passen. Vielleicht probiere ich meinen neuen Badeanzug aus. Hast du ein großes Handtuch für mich, Elsa?«

»Massenweise, Babs, ich suche dir ein schönes raus, damit es auch zu deinem Badeanzug passt.« Sie lächelte mich schelmisch an.

Das Wasser war herrlich, weich streichelte es meinen Körper. Ich ließ mich von den leichten Wellen und dem Salzwasser treiben, das mich wie von alleine trug. Dann entschloss ich mich, mit kräftigen Kraulzügen weiter hinaus zu schwimmen. Alle Kraft, die ich hatte, verwendete ich darauf. Außer Atem hielt ich inne, um mich abermals treiben zu lassen. Die leichte Brandung sorgte dafür, dass ich landwärts dahintrieb. In der Sicherheit der sonst so tückischen Nordsee entspannte ich mich.

Plötzlich bemerkte ich etwas unter mir. Mit meiner Ruhe war es schlagartig vorbei. Panik ergriff mich. Gab es Haie in der Nordsee? Meine Phantasie ging mit mir durch. Mal bemerkte ich Berührungen an den Beinen, dann eindeutig Hände an meinem Po.

»Schönheit, warum hast du denn nicht auf mich gewartet?«, flüsterte es an meinem Ohrläppchen. War ich im ersten Moment wahnsinnig erleichtert, Peter in meiner Nähe zu wissen, so war ich im nächsten umso verwirrter. Hatte ich mich doch eigentlich von der Insel flüchten wollen, ohne ihn noch einmal zu treffen. Schon gar nicht ausgeliefert im Meer. Die wunderschönsten Augen strahlten mich an. Ich versank nicht im Meer, sondern in seinen zärtlichen Blicken. Dann nahm er mein Gesicht in beide Hände. Seine Küsse, die ich erwiderte, schmeckten wundervoll süß und gleichzeitig salzig. Ich schmolz wie Wachs unter seinen Küssen und Streicheleinheiten. Schwer atmend versuchte ich ihn von mir zu schieben. Keuchend brachte ich hervor: »Peter, ich …«

Zwecklos, ich war diesem Traum von Mann hoffnungslos ergeben.

»Ich habe dich vermisst, Traumfrau«, raunte er in mein Ohr. Überaus geschickt ließ Peter meine Bedenken schwinden.

Später am Strand trockneten wir uns gegenseitig zärtlich ab.

»Peter, ich fahre morgen früh mit der ersten Bahn zurück nach Hause.«

Meinen Nachdruck in der Stimme überhörte er einfach.

»Wann kommst du wieder?« Er knabberte an meinem Ohrläppchen, als ob dort Honig zu vermuten wäre. Ich verfiel erneut in Schnappatmung. »Ach was, ich begleite dich. Du würdest mir so sehr fehlen ...«

»Nein, das geht nicht«, behaupte ich fest, so dass auch ein Trottel verstehen musste, wie ernst es mir war. Erstaunt hielt er im Abtrocknen inne.

»Barbara, was ist los? Habe ich etwas falsch gemacht? Du hast aus einem Inselträumer einen verliebten Mann gemacht.«

»... Und du aus einer braven Richterin ein Dummchen, das leicht zu haben ist«, platzte es aus mir heraus. Vor Schreck blieb mir die Spucke weg. Ich hatte Peter sichtlich verletzt. Er schwieg betroffen. Seine Enttäuschung versuchte ich zu ignorieren.

Schweigend suchten wir unsere Kleidung zusammen und gingen Seite an Seite den Strand entlang, jeder seinen eigenen Gedanken folgend. Sollte ich ihn fragen, ob er es wirklich ernst meinte? Das erschien mir dann doch zu albern. Ich war einundfünfzig und kein Backfisch. Meiner Meinung nach musste da ein Unterschied sein. Nur dass ich keinen Unterschied wahrnahm. Wirklich befremdend. Ich spürte genau wie damals mit fünfzehn Jahren Herzklopfen, Magengrummeln und zusätzliche Unsicherheit. Peter räusperte sich leise.

»Barbara, sagst du es mir?«

»Was meinst du?« Verblüfft blieb ich stehen.

»Wenn du bereit bist, mir zu vertrauen.« Seine Augen glitzerten mich traurig an. Ich wich seinem Blick aus und sah zu Boden.

»Ja, Peter«, flüsterte ich und ging alleine weiter.

Suche nach Melanie

Am frühen Morgen des darauffolgenden Tages saß ich im Zug nach Husum. Die Ereignisse der letzten Tage begleiteten mich unaufhaltsam. Peters Hände, seine wunderbaren Augen und seine Zärtlichkeiten waren ein Teil davon. Von Rüdiger Berger, meiner Freundin Saskia sowie Käthe und Gunther ganz zu schweigen. Als mein Zug Westerland verließ, hockte Peter mit Zeichenblock und Stift am Bahnhof. Ich hatte ihn nicht bemerkt. Als ich jedoch einen letzten Blick auf Westerland warf, erblickte ich ihn. Liebevoll sah er meinem abfahrenden Zug nach. Still lächelnd nahm ich Abschied von diesem wunderbaren Mann. Ich war nicht sicher, ob der Alltag, der mich in Husum erwartete, mich wieder auf den Boden der Tatsachen holen würde. Vielmehr hoffte ich jedoch, dass ich nicht zu fest aufschlagen würde.

Husum zeigte sich von der freundlichen Seite. Die Sonne wärmte schon am frühen Morgen. Ich erwischte sofort ein Taxi, um damit nach Schobüll zu fahren. Der Taxifahrer erhielt ein großzügiges Trinkgeld und mein Kurztrip war beendet.

Wehmütig dachte ich an die Tage auf Sylt zurück. Der Aufprall erfolgte, wie ich es befürchtet hatte, ziemlich hart. Ich vermisste Peter unsäglich. Die Erlebnisse mit ihm waren für mich neu, spontan und gleichzeitig schmerzlich. Ich musste die Tage auf Sylt so schnell wie möglich vergessen. Ein Leben mit einem Frauenhelden kam für mich nicht in Frage, auch wenn es sich nur um Gerüchte handelte. Mein Ruf musste mir wichtiger sein, da war kein Platz für Ungereimtheiten. Mein Herz war trotz aller Vernunft schwer wie Blei.

Entschlossen fuhr ich meinen Laptop hoch, um die Adresse des Hauses auf Nordstrand zu suchen. Die Wegbeschreibung ließ ich ausdrucken. Eine Flut von Mails, die ich später bearbeiten wollte, drohte mit viel Arbeit. Erst einmal kochte ich mir einen Kaffee, damit ich die Fahrt auf die Halbinsel gestärkt antreten konnte. Zum Frühstücken fehlte meinem aufgewühlten Magen der Appetit.

Mein kleiner Hugo wartete verwaist in der Garage. Er war zum Glück nicht nachtragend und sprang sofort an. Eine Fahrt ins Ungewisse stand mir bevor. Würde ich Saskias Tochter dort antreffen? Was würde ich ihr sagen? Hatte ich eine Chance auf Einsicht von Seiten Melanies? Gemischte bis angstvolle Gefühle begleiteten mich auf dem Weg nach Nordstrand. Es gab hohes Verkehrsaufkommen auf dem Nordstrander Damm, bestimmt war eine Fähre von Pellworm gelandet. Ich zwang mich zur Konzentration und wurde ruhiger.

Mein Weg führte mich zum Süderhafen, wo ich laut Elsa und der Wegbeschreibung aus dem Netz Melanies Haus vorfinden würde. Kurz hinter der Engel-Mühle erreichte ich mein Ziel. Die Vorhänge waren zur Straße hin zugezogen. Ein Hinweis darauf, dass die beiden Ausreißer sich hier verbargen?

Meine Nervosität stieg ins Unermessliche. Entschlossen stellte ich das Auto an der Straße ab und ging die Hofauffahrt hinauf. Zögerlich betätigte ich den Klingelknopf. Ein weiteres Mal klingelte ich, leider öffnete mir niemand. Ich riskierte einen Blick durch das Küchenfenster. Eine Handtasche lag auf dem Küchentisch. Ein kleiner Talisman baumelte am Griff der Tasche. Melanie! Ich selbst hatte ihr das kleine Herz mit Glitzersteinchen vor einigen Jahren geschenkt. Ich war gerührt, dass sie dieses Kitschteil immer noch mit sich trug.

»Melli«, flüsterte ich. »Was tust du nur.«

Erneut versuchte ich es mit Klingeln, den Finger ließ ich

nicht mehr vom Knopf. Erschrocken zog ich ihn zurück, als ich durch das Fensterglas sah, wie der Klingelkasten an der Wand im Flur Funken schlug. Niemand öffnete. Ob die beiden sich hinter irgendeinem Schrank verbargen? Meine Mutter hatte das früher immer getan, wenn Bettler an der Tür betteln wollte. Käthe hatte Angst vor dem Fluch, den die Reisenden oft aussprachen, wenn ihr Betteln erfolglos geblieben war. Ich fragte mich, warum ich gerade in diesem Moment daran dachte. Ich war schließlich kein Bittsteller, obwohl ich mich wie ein Störenfried fühlte.

Zögerlich ging ich zum hinteren Teil des Grundstücks. Dort fand ich das Auto. Verdammt, Melanie und Rüdiger waren eindeutig auf Nordstrand. Leise fluchend ging ich zurück zu meinem Hugo.

»Barbara! Was zum Henker machst du hier?«

Mir blieb fast die Luft weg vor Schreck. Auf die Idee, dass sie einen Spaziergang machten, wäre ich nicht gekommen. Wie eine Furie schoss Melanie auf mich zu.

»Melli, deine Mutter macht sich große Sorgen um dich. Darum habe ich mich auf die Suche …«

»Quatsch«, wurde ich von Melli unterbrochen. »Sie ist sauer auf dich. Ich weiß zwar nicht warum, aber sie will dich nie wiedersehen. Warum lügst du mich an?«

»Melli, Liebes, sie hat mich angerufen, weil …«

»Unsinn«, wurde ich schon wieder grob unterbrochen. »Warum ruft sie mich denn nicht an?«

»Saskia hat versucht dich telefonisch zu erreichen, warum hast du dich nicht gemeldet?« Langsam wurde mir das alles zu bunt. Sollten Mutter und Tochter doch mit dem Berger machen, was sie wollten. Ich war mit meinem Latein am Ende. Warum sollte ich mich weiter als Lügnerin beschimpfen lassen? Einen letzten Versuch gestattete ich mir noch.

»Warum bist du mit ihm hier auf Nordstrand?« Ich wies auf Rüdiger.

»Ich glaube, Babs, das geht dich überhaupt nichts an.«

Resignierend hob ich die Hände, um zu zeigen, dass ich mich geschlagen gab. Während ich mich an beiden vorbeischob, murmelte ich: »Schäm dich, Melli. Deine Mutter tut mir leid.«

Zitternd steuerte ich auf mein Auto zu und stieg ein. Rüdiger hatte, wie schon bei unserer letzten Begegnung, danebengestanden wie ein Vollidiot. Er sprach kein Wort und sah dauernd zu Boden. Was es dort so Spannendes zu sehen gab, war mir schleierhaft. Verdammter Feigling.

Ich fuhr forscher als sonst Richtung Schobüll. Um mich abzulenken, versuchte ich, an etwas Schönes zu denken. Warum mir ausgerechnet Peter einfiel? Ich vermisste ihn einfach. Ich wollte mich nur zurückziehen. Mein Zuhause war dafür der perfekte Ort. Mein Magen rebellierte. Das letzte Mal hatte ich am Vorabend bei Elsa etwas gegessen. Auch wenn ich wenig Appetit hatte, hielt ich es für richtig und wichtig, ein Mittagessen zu mir zu nehmen.

In meinem Haus war es ruhig. Ich wollte zwar Ruhe, aber diese Stille empfand ich plötzlich als unerträglich. Die Abenteuer mit Peter gingen mir nicht aus dem Herz, schon gar nicht aus dem Kopf. Ein erfolgloser Versuch, also öffnete ich gedanklich mit Peter zusammen eine Dose Gemüsesuppe. Es schmeckte wie erwartet scheußlich. Den Rest der Mahlzeit schüttete ich ins Klo. Versonnen sah ich dem Spülgang zu, wie er meine Suppe in die Kanalisation beförderte, als es an der Haustür schellte. Niemand wusste, dass ich schon wieder zu Hause war. Ich hatte mir bis Sonntag freigenommen.

Neugierig ging ich zur Tür, um zu öffnen. Ein riesiger Blumenstrauß verdeckte die Person, die beschlossen hatte, mir einen Besuch abzustatten. Schnell schaute ich auf die Füße. Diese steckten in Schuhen. Dann wurden mir die Blumen in die Hand gedrückt und Andy kam zum Vorschein.

»Moin, Babs, schön dich anzutreffen!« Er gab mir einen

Kuss auf den Mund und schritt wie selbstverständlich in mein Wohnzimmer, das zwanzig Jahre unser gemeinsames gewesen war. Ich hatte inzwischen alle Möbel ausgetauscht. Es hinderte ihn trotzdem nicht daran, sich wie zu Hause zu fühlen.

»Stell doch die Blumen ins Wasser, die waren teuer. Wir wollen doch nicht, dass sie gleich kaputtgehen, oder?« Andreas grinste mich an, als ob ihm der Gag des Tages gelungen war. Für mich blieb er unbegreiflich, aber ich gehorchte. Wie selbstverständlich befüllte ich eine große Vase, um die Blumen hineinzustellen. Verflucht, was war hier denn los? Ich mochte Blumen nicht einmal. Andy sollte es eigentlich wissen.

»Andreas, darf ich vielleicht erfahren, wie ich diesen Überfall zu deuten habe?«, brachte ich schließlich hervor. Mein Ex sprang aus dem Sessel und kam direkt auf mich zu.

»Babs, mein Schnuppelchen, ich möchte dich um Verzeihung bitten.«

»Habe ich dir nicht längst verziehen? Du lebst dein Leben mit deiner neuen Familie. Wieso machst du hier so einen Aufstand?« Langsam wurde ich ärgerlich. Andy lachte.

»Schnuppelchen, ich komme wieder zu dir. Freust du dich?«

»Jaaa«, begann ich gedehnt, daraufhin explodierte ich. »Wie kommst du darauf, dass ich dich wiederhaben will? Ich bin glücklich, so wie es ist.«

Langsam war ich reif für die Klapse. Meine Nerven vibrierten und ich stand kurz vor einem Heulkrampf. Andy kam näher, noch bevor ich es verhindern konnte, schloss er mich in seine Arme. Ich war hin- und hergerissen von meinen Gefühlen, meiner aufsteigenden Wut und seiner Nähe. Er roch wie immer. Vielleicht ein ganz klein wenig nach Babypuder. Dennoch erfüllte mich eine Vertrautheit, die ich schon lange vermisst hatte. Mit geschlossenen Augen ließ ich mich fallen, im Schutz dieser sicheren Umarmung. Ankommen, ja, ich wollte ankommen. Andys ungeschickter Versuch, mich zu entkleiden und seine Zunge in meinem Hals zu versenken, erregten mich zunächst.

»Babsi, meine Süße«, säuselte er mir in den Mund. Er glitt an meinem Hals hinunter und löste meinen BH. Er gehörte leider zu den Männern, die glaubten, eine Frauenbrust sei zum Kneten und Quetschen da. Seine Erregung stieg bis zum Keuchen und ich wurde schlagartig nüchtern. Mit aller Kraft gelang es mir, ihn wegzuschubsen.

»Bist du irre geworden?« Ich atmete schwer, jedoch nicht aus Erregung. Außer mir vor Wut knöpfte ich meine Bluse wieder zu und wischte mir mit dem Handrücken den Mund ab.

»Aber Schnuppelchen, es ist doch immer noch schön mit uns. Denk doch einmal an unsere Kinder, die würden sich so mit uns freuen. Wir geben ihnen wieder ein richtiges Heim.«

Noch nie in meinem Leben war ich so richtig ausgerastet, aber in diesem Augenblick platzte mir der Kragen.

»Es hat sich ausgeschnuppelt, unsere Kinder leben in Hamburg. Sie denken gar nicht daran, zurück nach Schobüll zu kommen. Du hast einen kleinen Hosenscheißer, der dich braucht. Hast du das etwa vergessen? Mach, dass du rauskommst.«

»Barbara, überleg es dir doch bitte noch einmal! Ich war ein Idiot, dass ich dich aufgegeben habe. Ich weiß inzwischen, was mir verloren ging …«

»Nichts ist *dir* genommen worden. Du hast mich abserviert für eine Jüngere. Schon vergessen? Bitte gehe endlich.« Ich war zum Zerspringen sauer.

Mit eingezogenem Kopf schlich er sich aus dem Haus. Zumindest ein Erfolg an diesem verrückten Tag. Nicht zum ersten Mal fragte ich mich, wie so eine Hohlbirne sein Studium zum Betriebswirt absolviert hatte. Menschlich hatte Andy überhaupt nichts drauf. Schnell riss ich die Blumen aus der Vase und feuerte sie ihm hinterher. Lächerlicherweise kam er zurück, um sie aufzuheben. Gut so, dann musste ich sie nicht wieder aufsammeln. Andys Dreistigkeit war es zuzutrauen, den Strauß weiter zu verschenken. Sein Blondchen würde sich bestimmt darüber freuen.

Danach machte ich mich daran, mein Wohnzimmer zu lüften. Ich konnte seinen Geruch nicht mehr ertragen. Ich trat an das Terrassenfenster und starrte auf den Schobüller Wald.

»Peter«, hauchte ich. Sollte ich alle Vernunft über Bord werfen? Was war so schlimm daran? Hatte ich nicht auch ein Recht auf Privatleben? Die Angst vor der großen Enttäuschung war aber so maßgebend, dass ich nicht mehr weiter mit mir diskutieren wollte.

Ich stellte die Waschmaschine an und räumte die Spülmaschine aus. Anschließend rief ich Elsa und Käthe an, um ihnen das Neueste in Sachen Melli zu berichten.

Elsa war wieder einmal allein zu Hause. Käthe und Gunther hatten sich zu einer weiteren Kutterfahrt verabredet.

»Das ist ja fürchterlich, Babs. Und du bist sicher, dass wir nichts weiter unternehmen können?«

»Elsa, mir fällt dazu nichts mehr ein. Ich habe auch keine Lust, mich laufend beschimpfen zu lassen.« Ich legte eine kurze Pause ein. »Elsa? Hast du Neuigkeiten von Peter?« Ich hielt den Atem an. Elsa zischte hörbar durch ihre Dritten.

»Ich habe ihn gestern noch in Westerland gesehen, aber nicht mit ihm gesprochen. Er sah ziemlich verwahrlost aus. Henry sagte mir, dass er kaum noch spricht. Ich glaube, du hast ihm das Gammlerherz gebrochen.«

Elsas Stimme entnahm ich ein wenig Spott. Mein Schweigen deutete meine kluge Tante wie immer richtig.

»Er deines auch, Liebes? Lass doch erst einmal Gras über die Sache wachsen. Vielleicht erhältst du dann Antworten auf deine Fragen. Komm doch am Wochenende wieder her. Was meinst du?«

»Ich weiß noch nicht, mal schauen. Glaubst du, dann ist

das Gras schon lang genug?« Zumindest konnte ich darüber schmunzeln. Nachdem ich das Gespräch mit Elsa beendet hatte, klingelte mein Telefon erneut. Ralf.

»Barbara, bist du schon wieder in Schobüll gelandet? Hast du Lust, mit mir am Hafen einen Kaffee zu verhaften? Mir fällt nämlich die Decke auf den Kopf.« Wie so oft, dachte ich, stimmte dennoch zu, in der Hoffnung, mehr über Rüdiger Berger zu erfahren. Außerdem liebte ich meine Auszeiten am Husumer Hafen.

Gemietet

Ralfs Angebot, mich abzuholen, lehnte ich dankend ab. Ich wollte selbstbestimmt bleiben. Ich wusste, wenn er mich nach Hause bringen würde, musste ich ihn noch mit hineinbitten. Dies galt zu vermeiden. Ich hatte keine Lust darauf, dass er den Restsonntag bei mir auf dem Sofa verbrachte und meinen Weinkeller schmälerte. Also zog ich es vor, Hugo aus der Garage zu holen, um in Husum den Parkplatzkampf auf mich zu nehmen.

Beim Überqueren der Hafenbrücke, nachdem ich das Parkproblem meisterhaft gelöst hatte, sah ich Ralf schon aus der Ferne auf mich warten. Er wirkte nervös. Mein Kollege hatte uns schon einen schönen Platz in meinem Lieblings-Eiscafé reserviert.

»Ralfi, schön, dass du schon da bist. Alles okay bei dir?« Prüfend musterte ich ihn.

»Jo, alles paletti. Freue mich, dich zu sehen.« Warum war er nur so steif? Ich bekam eine feuchtwarme Hand in meine. Gratis dazu eine Gänsehaut.

Der bestellte Cappuccino dampfte köstlich. Gemächlich streute ich Zucker hinein und rührte dann hektisch darin rum. Irgendetwas stimmte nicht. Sonst plauderte Ralf unermüdlich, fand immer neue Themen, um mich zu unterhalten. Dieses Mal kam ein Gespräch nur stockend zustande. Ich bekam eine Gänsehaut. Konnte da etwas mit Berger sein? Verheimlichte Ralf mir wichtige Details? Ich räusperte mich.

»Ralf Steinke, ist wirklich alles in Ordnung mit dir? Du wirkst irgendwie verkorkst. So kenne ich dich gar nicht.« Aufrichtig besorgt musterte ich ihn.

»Ich hab Scheiße gebaut«, verkündete er und schaute an mir vorbei.

»Ähm, du? Das kann nicht so gravierend sein, denke ich.« Glucksend schlürfte ich meinen Cappuccino. Ich erwartete keine großen Fehltritte, dafür war er zu korrekt. »Nun drucks nicht so herum, raus mit der Sprache.«

»Du weißt doch, ich spiele jede Woche Skat …«

»Du hast dein Haus eingesetzt und verloren?«, platzte ich dazwischen.

»Quatsch, Barbara, ich spiele nicht um Geld.«

»Um was geht es dann?« Ich rutschte auf meinem Stuhl hin und her.

»Na ja, die Jungs behaupten doch immer, ich sei ein ewiger Junggeselle und werde wohl nie eine passende Frau finden. Meine langjährige Freundin, mit der ich fünf Jahre zusammengelebt habe, zählt in ihren Augen nicht. Da habe ich … dich …«

»Du hast was?«, fragte ich trocken.

»Na, nun, ich … ich habe gesagt, du seist meine Neue.«

Ich verschluckte mich an meinem inzwischen lauwarm gewordenen Cappuccino und lachte freudlos. Die Leute an den Nachbartischen wurden schon aufmerksam. Bevor ich in dieser überaus romantischen Liebesgeschichte grenzenlos verloren war, steckte ich mir einen Keks in den Mund. Dieser staubte mächtig, wobei ich mich erneut verschluckte. Ralf sah mich an, als ob er kurz davor stand, einen Notarzt zu rufen. Zum Glück beruhigte ich mich rechtzeitig.

»Also, Ralfi, da mache ich nicht mit. Mir reicht das Chaos, in dem ich mich derzeit befinde. Tut mir leid.« Damit war das Thema für mich erledigt. Glaubte ich zumindest.

»Barbara, ich habe denen gesagt, du würdest mich auf unser Grillfest begleiten. Wie stehe ich denn da, wenn ich alleine dorthin muss? Bitte tu mir das nicht an.« Zu allem Überfluss nahm er auch noch flehend meine Hand. Der dazugehörige Dackelblick krönte das Szenario.

»Migräne, sag einfach, deine Neue hat Kopfschmerzen. Bitte kein Magen- und Darminfekt. Ich bringe es am Ende fertig und bekomme ihn sonst wirklich.«

Mittlerweile fand ich diese Geschichte nicht mehr so lustig, denn ich hatte eine Ahnung, dass ich nicht glimpflich aus dieser Nummer rauskommen würde. Verflixt. Ralf war immer ein guter Kollege, er half jederzeit, wo er konnte. Durfte ich ihn nun so hängen lassen?

»Barbara …«

»Sag bitte Babs, du bist der Einzige, der mich Barbara nennt. Ich komme mir dann immer vor wie meine eigene Oma.«

»Deine Oma heißt auch Barbara?« Erstaunt sah er mich an.

»Nein, sie lebt auch schon lange nicht mehr. Ich meinte, es ist so altmodisch.«

Ralf stand wie so oft auf dem Schlauch.

»Okay, Babs, bitte lass mich nicht hängen. Es werden weitere Feste kommen, willst du dann immer Kopfschmerzen haben?«

Meine Augen weiteten sich. Sollte ich etwa bei jeder Veranstaltung dabei sein?

»Ralf, wenn ich dich begleite, wäre es eine absolute Ausnahme. Damit das klar ist.« Nicht unerwartet deutete er meine Worte als Zusage. Seine Augen leuchteten vor Freude und Aufregung.

»Wann soll die Party überhaupt steigen?«, wollte ich wissen.

»Freitag, bei Eddy im Garten. Er wohnt in Mildstedt. Ich hole dich um 17.00 Uhr ab. Danke, Babs. Du machst mich zum glücklichsten Mann Husums.«

Meinen Plan, wieder nach Sylt zu fahren, musste ich streichen. Vielleicht auch besser so. Ich hoffte nur, dass Ralf meine Zusage nicht als Liebeserklärung auffasste. Seine verliebten Blicke deuteten allerdings schwer darauf hin. In wenigen Tagen war ich von drei Männern angegraben worden. Für meine heile und geordnete Welt eindeutig zu viel. Daher erhob ich mich schleunigst und verabschiedete mich von meinem neuen Partner. Ich verschwand mit schnellen Schritten über die Hafenbrücke, um Hugo zu bitten, mich nach Hause zu bringen. Der einzige »Mann«, dem ich vertrauen konnte. Stets zur Stelle, ehrlich und liebenswürdig. Schließlich verbrachten wir schon einige Jahre gemeinsam. Bei ihm hatte ich immer das letzte Wort. Mein treuer Freund.

Ich hatte es mir gerade im Schoß dieses besten Freundes bequem gemacht, als es an meiner Fensterscheibe klopfte. Die Befürchtung, es könnte Ralf sein, bestätigte sich zum Glück nicht. Doch ich sah in zwei traurige Augen, die zu einer alten Frau gehörten. Sie kam mir bekannt vor, ich hatte jedoch keine Vorstellung, wer sie war. Ich stieg wieder aus. Sie war klein und schmal. Die Hand, die sie mir reichte, zitterte. Schnell nahm ich sie an und fragte freundlich, wie ich ihr helfen könne.

»Entschuldigen Sie bitte vielmals, aber ich musste Sie einfach ansprechen. Sind Sie nicht Richterin Kleinschmidt?«

»Richtig, die bin ich.« Aufmunternd lächelte ich die alte Dame an. Plötzlich wusste ich, wen ich vor mir hatte.

»Mein Name ist Lotte von Norden. Sie haben Rüdiger Berger verurteilt, der unser Leben zerstört hat. Ich bin ziemlich sicher, dass er wieder frei rumläuft. Wissen Sie vielleicht, warum?«

»Ja, leider. Wo und wann haben Sie ihn gesehen, Frau von Norden?«

»Am Montag. Er schlenderte wie selbstverständlich im Schlosspark an mir vorbei. Ich war froh, dass mein Mann nicht dabei war. Er trug die Haare etwas länger.« Frau von

Norden zeigte mit der Hand auf ihre Schulter. »Bis hier her. Glauben Sie mir, Frau Richterin, diese kalten Augen vergesse ich mein Leben lang nicht mehr.«

Blitzartig fiel mir ein, dass ich Berger am Montag auf Sylt getroffen hatte. Allerdings mit sehr kurzen Haaren.

»Wann Montag?«, wollte ich daher wissen.

»Nachmittags. Ich wollte meine Schwester besuchen, mein Mann fühlte sich an diesem Tag zu schwach für einen Ausflug. Darum ging ich allein.«

Ich verschwieg ihr, dass ich Rüdiger Berger auf Sylt gesehen hatte, und versuchte sie zu beruhigen.

»Sie müssen sich irren, Frau von Norden, aber ich werde der Sache auf den Grund gehen.«

»Danke, aber glauben Sie mir bitte. Ich bin zwar alt, aber diesen Mann würde ich unter tausenden wiedererkennen«, beteuerte sie nochmals. Frau von Norden schob mir einen kleinen Zettel zu.

»Meine Telefonnummer. Bitte melden Sie sich, wenn es etwas Wichtiges gibt. Darunter steht auch die Nummer unserer Tochter. Wir werden in Kürze nach Pinneberg umziehen, hier fühlen wir uns nicht mehr sicher. Unter keinen Umständen möchte ich diesem fiesen Verbrecher wieder begegnen.«

Zum Abschied nahm ich beide Hände der schüchternen Frau und drückte sie sanft.

»Grüßen Sie bitte Ihren Mann von mir. Sollte ich etwas in Erfahrung bringen, melde ich mich bei Ihnen. Alles Gute für Sie und Ihren Mann.«

Erschlagen ließ ich mich in mein Auto plumpsen. Die Sache Berger lief immer mehr aus dem Ruder. Da war einiges faul und rätselhaft. Mir blieb jedoch nichts anderes übrig, als auf Montag zu warten. Dann konnte ich mir persönlich Akteneinsicht verschaffen, in der Hoffnung, auf Hinweise zu treffen, die bisher im Verborgenen geblieben waren.

Um mich abzulenken, fuhr ich nach Hattstedt. Dort traf ich

mich für gewöhnlich jeden Sonntagnachmittag mit meinen Freundinnen Julia und Rosa. Da ich erst mit dem letzten Zug wieder in Husum hatte sein wollen, vermisste mich heute keine der beiden. Ich würde sie einfach überraschen. Dringend brauchte ich den Kreis verrückter Weiber, um mich halbwegs besser zu fühlen.

In Hattstedt angekommen traf ich aber nur auf Julia, die in Jogginghose und Plüschhausschuhen die Tür öffnete.

»Babs, das ist aber eine Überraschung! Ich dachte, du bist noch auf Sylt. Komm doch herein.« Julia war sichtlich froh, mich zu sehen.

»Ist Rosa nicht bei dir? Wo steckt sie? Hat sie wieder Liebeskummer?«

»Ganz im Gegenteil, Rosa hat einen Heiratsantrag von Leo bekommen. Die ist völlig abgehoben. Im Moment sind die beiden in Flensburg, um es ihren Familien mitzuteilen. Ich finde es ein wenig zu früh für Hochzeitsglocken, aber so kommen wir zumindest in den Genuss einer rauschenden Ballnacht. Weißt du schon, was du anziehen willst?«

Wie immer sprach Julia ohne Punkt und Komma. Ihre füllige Figur bewegte sie dabei rhythmisch. Fast tanzte sie um mich herum. Sie war eine absolute Powerfrau, trotz ihrer Rundungen. Ihre blauen Augen strahlten wie immer. Dabei schob sie sich ein Stück Schokolade in den Mund, ohne Einbüßen des Redeflusses. Lachend nahm ich Julia erst einmal zur Begrüßung in die Arme.

»Hallo Julia, wie ich sehe, geht es dir gut?« Ein weiteres Stückchen Schoki verschwand auf Nimmerwiedersehen. »Das sind ja tolle Neuigkeiten, ich freue mich für die beiden. Warum findest du das zu früh? Sie sind, glaube ich, schon seit zwei Jahren zusammen. Oder?«

»Na ja, mit einigen Unterbrechungen. Leo hat für meinen Geschmack zu oft Augen für andere Frauen. Rosa ist oft sauer darüber gewesen.«

»Ich wünsche den beiden in jedem Fall viel Glück. Er hat sich doch sicher einen romantischen Heiratsantrag einfallen lassen. Hat Rosa dir davon erzählt?«

»Kurz, am Telefon. O-Ton von Leo: Rosamaus, wir sollten heiraten. Wir leben doch sowieso zusammen. Eine Heirat würde uns viel Steuern einsparen.«

Mein Mund stand offen, meine Augen wurden kugelrund und mir blieb die Spucke weg. Rosa lachte.

»So in etwa wie du jetzt muss Rosa auch aus der Wäsche geguckt haben. Darum fiel Leo sicherheitshalber auf die Knie und setzte gekonnte seinen Welpenblick ein, um Rosa doch noch zum Dahinschmelzen zu bringen.«

Ich war fassungslos, wie konnte Rosa auf so einen Antrag eingehen? Ich war mir nicht sicher, ob ich an der Hochzeit überhaupt teilnehmen wollte, und hoffte inständig, dass Rosa mich nicht zur Trauzeugin auserkoren hatte. Dieser Verantwortung wollte ich mich nur ungerne stellen. Julia hielt mit ihren Tanzbewegungen kurz inne.

»Was meinst du, wollen wir in der nächsten Woche Klamotten kaufen für den Ball des Jahres? Ich habe nichts Passendes mehr im Schrank. Ich möchte unbedingt eine strahlende Brautjungfer sein.«

Ich musste schmunzeln. Julias Kleiderschrank bot für alle Anlässe das Richtige, aber sie war nie zufrieden mit der Auswahl. Mir fiel mein Kleid ein, das meine Tante mir großzügig spendiert hatte. Wenn ich es in die Reinigung gab und die Spuren der Sylter Nacht verschwanden, würde es wieder ein würdiges Outfit ergeben.

»Ich besitze etwas, was ich gerne anziehen würde. Aber ich begleite dich gerne, wenn du es möchtest«, erwiderte ich gütig.

»Großartig, ich freue mich schon darauf. Einen Abstecher zum Italiener muss aber auch noch drin sein. Einverstanden?« Julia setzte ihren Tanz fort und vergaß dabei nicht, ihr Zuckerbedürfnis zu befriedigen.

»Wollen wir einen Liebesfilm sehen oder auf die Terrasse gehen?«

»Beides«, scherzte ich glücklich.

»Super, Antennenkabel habe ich schon letzte Woche verlegt. Wir nehmen den Fernseher aus dem Schlafzimmer, der ist nicht so schwer und hat einen DVD-Player intus.«

Sie forderte mich auf, einen Kaffee zu kochen, so ich denn einen wollte. Schmunzelnd holte ich eine Flasche Wasser und unseren Frauenlikör aus dem Kühlschrank. Das Teufelszeug hatte vierzig Volt und war mit Vorsicht zu genießen.

»Babs, ich hätte Lust auf *Vom Winde verweht*, das schnulzt so herrlich. Was sagst du?« Julia rief von der Terrasse herein, ohne ihre Umbaumaßnahmen zum Heimkino zu unterbrechen.

»Sehr gute Idee, Julia, ich hätte die letzten Tage auch auf Scarlett O'Hara hören sollen.« Ich legte meinen Handrücken auf die Stirn, richtete den Blick nach oben und säuselte: »Verschieben wir es auf morgen.« Prustend kam Julia in die Küche und wirbelte mich herum.

»Was soll das denn heißen, bist du auch verliebt?« Laut lachend hielt sie plötzlich inne, ohne mich aus ihrer Umarmung zu entlassen. »Du bist verliebt!«

Ich wand mich wie ein Aal im Netz. »Nein, in wen denn?«

Nicht nur meine Freundin Julia bemerkte die Schwindelei. Ich belog mich selbst. Wie von allein stürmten die Schmetterlinge mein Innerstes und enttarnten mich durch meine verzückten Blicke.

»Bin ich deine Freundin? Oder deine Freundin? Mir kannst du doch alles erzählen. Ehrlich gesagt platze ich vor Neugier.«

»Julia«, seufzte ich schwer, »ich bin da in etwas hineingeraten, ohne zu wissen, wie es dazu kommen konnte …«

»Dann ist es Liebe«, quatschte Julia dazwischen. »Da sollte man auch gar nicht wissen, wie es dazu gekommen ist. Hach! Babs, ist das aufregend. Ich freue mich so für dich. Habt ihr euch schon geküsst?«

»Julia, das ist ein absolute Teeny-Frage.«

Sie verschlang mich mit großen Augen. Fast hätte sie ihren hübschen Mund nicht wieder zubekommen.

»Du hast …?«

»Ja.« Ich löste mich aus ihrer Umarmung, um aus dem Fenster zu starren. Schwungartig drehte ich mich wieder zu ihr. »Ja! Und es war das Beste, was mir je passieren konnte. Ich bereue nichts. Das steht schon mal fest. Trotzdem ist es kompliziert.«

»Er ist verheiratet! Na toll, Babs.« Empörung pur. Nun musste ich doch wieder lachen. Julia dagegen wirkte enttäuscht

»Nein, ist er nicht. Er ist ein Straßenmaler.«

»Ein Penner?! Wie konnte das passieren?« Sichtlich geschockt vertilgte sie noch ein Stück Schokolade. Ich brauchte erst einmal einen Schnaps.

Ich schraubte die Flasche auf und ließ die sirupartige Masse in unsere Gläser laufen. Gleich darauf brannte es in unseren Kehlen. Dieses Zeug schmeckte erst beim zweiten Mal. Die Wirkung ließ nicht auf sich warten. Gackernd lagen wir auf dem Küchenfußboden. Herrlich, dieses Gesundheitsmittel. Nach dem dritten und vierten Glas war das sicherste an diesem Nachmittag die Kopfschmerzen am folgenden Morgen. Wir lagen immer noch auf dem Fußboden, in Rückenlage starrten wir die Lampe an der Decke an. Sie schien immer größer zu werden. Ein erneuter Grund zu kichern.

»Baabbsii! Du bischt ja voll.«

»Duhu auch. Aber morgen is das wieder vorbei. Prost!«

Der Tag danach

Der Fernseher machte keinen Ausflug auf die Terrasse. Wir krabbelten in Julias Bett und die Flimmerkiste diente als Alibi. Voll wie die Haubitzen schliefen wir ein wie Babys. Ich hatte Julia ausführlich Bericht erstattet über die außergewöhnlichen Liebesabenteuer der Richterin Kleinschmidt. Julia hatte es sogar aufgegeben, Schokis in ihren Mund zu schieben.

Ein traumloser Schlaf folgte für mich. Bei Julia war ich mir dessen allerdings nicht so sicher. Ich hatte den Verdacht, sie träumte von der großen Liebe. Als ich kurz erwachte, grinste sie im Tiefschlaf.

Am nächsten Morgen hatte es sich eindeutig ausgekichert. In meinem Kopf schien ein Buntspecht sein Unwesen zu treiben. Bevor ich mich unter die Dusche wälzte, warf ich gleich zwei Aspirin ein, in der Hoffnung, meine Arbeit halbwegs antreten zu können. Dann fuhr ich nach Schobüll, um mich in meine Dienstkleidung zu werfen. Durch den dunkelblauen Hosenanzug wirkte mein Gesicht noch blasser. Ich kaschierte den Eindruck mit einem hellblauen Tuch. Nicht zum ersten Mal schwor ich, nie wieder unseren Frauenschnaps anzurühren.

Mit einem freudigen Hallo wurde ich schon vom Pförtner begrüßt. Der vertraute Umgang mit den Kollegen tat mir gut, auch wenn ich lieber im Bett geblieben wäre. Bevor ich mein Büro aufsuchte, ging ich ins Archiv, um die Akte Berger zu sichten. Da ich auf Anhieb nichts fand, nahm ich die gesamte

Akte mit in mein Büro. Unschlüssig blätterte ich darin hin und her. Es war zum Verrücktwerden. Ich fand einfach keine weiteren Hinweise. Dass er entlassen worden war, wusste ich ja aus eigener, schmerzlicher Erfahrung. Ich trommelte mit den Fingern auf den Schreibtisch.

Erneut blätterte ich die Unterlagen von vorne bis hinten durch. Ich sah mir die Familienverhältnisse an. Bergers Mutter lebte in Schleswig. Über seinen Vater konnte ich nichts finden. Kurz entschlossen versuchte ich es über Facebook. Ich musste mich erst anmelden. Eine Facebook-Mitgliedschaft wurde hier im Haus nicht gerne gesehen. Verständlich, aber in meinem Fall nicht hilfreich. Ich rutschte ungeduldig auf dem Stuhl hin und her. Mit zitternden Fingern meldete ich mich unter falschem Namen an. Als Profilbild wählte ich ein Blumenbild. Nach einer Weile kam ich gut zurecht und entdeckte die Leiste zur Suche von Personen. Rüdiger Berger gab es unzählige, aber ich konnte den gesuchten beim besten Willen nicht ausfindig machen. Wäre auch zu einfach gewesen. Frustriert schlug ich mit der Maus auf den Schreibtisch, als ob ich die richtigen Antworten dort herausschütteln könnte. Ein leises Klopfen ließ mich aufhorchen. Ralf steckte vorsichtig seinen Kopf durch die Tür.

»Störe ich?« Ohne eine Antwort abzuwarten, schlich er hinein.

»Nein, ich komme hier ohnehin nicht weiter.« Schnell schloss ich die verbotene Seite. »Was kann ich für dich tun, Ralfi?«

Statt zu antworten, grinste er schief. Ich verdrehte die Augen, danach stand mir an diesem Morgen schon mal gar nicht der Sinn.

»Kannst du morgen eine Verhandlung von mir übernehmen? Meine Mutter muss zum Augenarzt. Ist auch nur 'ne Diebstahlsache mit einem Minderjährigen.«

»Klar, wann?«

»Elf Uhr, danke.«

Mit dem Klicken des Türschlosses wütete der Specht weiter in meinem Hirnkasten. Die Bearbeitung meiner Mails konnte ich knicken. Ich hätte ohnehin die Hälfte wieder vergessen. Mein Kalender wies für heute keine Verhandlungstermine auf. So spontan, wie man mit einem Specht im Kopf sein konnte, meldete ich mich zum Außentermin ab, steuerte die nächste Tankstelle an, gab meinem Hugo Frühstück und fuhr nach Schleswig.

Auf dem Display der Freisprecheinrichtung erschien ein Foto von Muddi. Ein ungutes Gefühl wuchs in mir, denn Käthe rief nie während meiner Dienstzeit an, es sei denn, es war etwas passiert. Rasch nahm ich das Gespräch an.

»Muddi, guten Morgen! Du bist ja früh dran heute.« Ich versuchte meine Sorge zu überspielen.

»Babs, es ist etwas Schreckliches passiert ...« Also doch! Als Erstes sah ich Melanie übersät mit blauen Flecken und Rippenbrüchen vor meinem inneren Auge. Oder war es Saskia, vielleicht auch beide? Ich zitterte bei der grausigen Vorstellung. Ich hätte mich doch mehr einmischen sollen.

»Um Gottes willen, Muddi, du machst mir Angst. Nun sag schon, was ist los?«

»Elsa ...«

Sofort bremste ich scharf und hielt am Straßenrand an. »Elsa? Nun rede schon. Soll ich kommen?«

Am anderen Ende der Leitung begann Käthe zu schluchzen.

»Ach, die dusselige Kuh hat sich ihren Fuß gebrochen. Sie muss operiert werden und wird lange Hilfe benötigen. Ich muss also hier auf Sylt bleiben.«

Mir fiel ein Stein vom Herzen. Elsa tat mir zwar unendlich leid, aber ein gebrochener Fuß war zum Glück kein bleibender Schaden, und gestorben war auch niemand. Die große Katastrophe würde ausbleiben. Mir war nur nicht klar, warum

Käthe so ein Drama daraus machte. Sie war doch immer gern bei ihrer Schwester. Entspannter fuhr ich weiter.

»Käthe, das ist doch halb so schlimm, ich kümmere mich um deine Blumen. Soll ich dir noch einige Klamotten bringen?«, versuchte ich meine Mutter zu trösten. Am anderen Ende der Leitung herrschte Schweigen. Zögerlich druckste mein Mütterlein herum.

»Nun, ähm, Babs. Ich wollte dich sowieso bitten, meine Blumen zu versorgen. Weil ... na, weil ich doch ...« Langsam wurde ich ungeduldig.

»Käthe, wo das Problem?«

»Kindchen, ich wollte doch mit Gunther nach Nürnberg fahren.«

Ich brach in schallendes Lachen aus.

»Hinsichtlich der Bedenken, die du am Anfang Gunther gegenüber hattest, bist du jetzt aber sehr locker geworden. Meinst du nicht, dass es recht früh ist, um gleich bei ihm einzuziehen?« Vergnügt bog ich ab auf die Bundesstraße nach Schleswig.

Käthe konterte beleidigt. »Ich ziehe nicht bei ihm ein, was redest du denn da? Wir wollten unsere gemeinsame Zeit nur ein wenig verlängern. Außerdem musst *du* mir nicht mit Moralpredigten kommen.«

»Muddi? Ich freue mich für dich, bitte verstehe mich nicht falsch. Es ist nur so, ich habe einen riesigen Schrecken bekommen. Ich bin sehr erleichtert, dass nichts Schlimmeres passiert ist. Beruhige dich bitte.« Mühsam unterdrückte ich ein weiteres Kichern. Käthe war bockig. Kurz angebunden erbat sie ihre Klamotten.

»Freitag bin ich eingeladen, ich komme Samstag zur Insel. Bis dahin kannst du mir bitte eine Liste schreiben, mit den Dingen, die du benötigst, okay?«

Einigermaßen versöhnt legte sie auf. Nach dem frühen Tod meines Vaters hatte es für Käthe nur noch mich und meinen

Bruder gegeben. Eine lange Zeit der Trauer lag hinter ihr. Eine neue Beziehung wurde nie in Betracht gezogen, trotz der Angebote einiger interessierter Herren. Käthe hatte sie alle abblitzen lassen. Nur ein einziges Mal wäre sie der Liebe fast unterlegen. Leider hatte der Held ihrer schlaflosen Nächte es nur auf ihr Geld abgesehen. Diese Liebe erlosch mit einer großen Enttäuschung. Käthe war zum Glück noch rechtzeitig aus der Beziehung herausgekommen – ohne große finanzielle Verluste. Nur ihr Herz brauchte eine Weile, um wieder in den richtigen Takt zu geraten.

Mein Navi zeigte mir an, dass ich bis zum Ziel nur noch zehn Minuten brauchte. Langsam musste ich mir Gedanken darüber machen, wie ich meinen unangemeldeten Besuch erklären würde. Silvia Berger würde sicher nicht erfreut sein, wenn ich mich als die Richterin vorstellte, die ihren Sohn verurteilt hatte. Verzweifelt suchte ich nach einem triftigen Grund für meinen Besuch. Aber so sehr ich mich anstrengte, mir kam keine Idee.

Frau Berger wohnte am Stadtrand in einer Reihenhaussiedlung. Verkehrsberuhigt und so gut wie autofrei. Ich war sicher, mein Auto mit nordfriesischem Kennzeichen würde sofort in der Nachbarschaft auffallen. Immer noch planlos stellte ich meinen Hugo auf einem Supermarktparkplatz einige Straßen entfernt ab, um zu Fuß weiterzugehen. Meine Handtasche geschultert, tarnte ich mich lässig als Spaziergängerin. Neugierig betrachtete ich die Häuser mit ihren gepflegten Gärten und studierte dabei die Hausnummern. Am Haus der Bergers blieb ich für einen Augenblick stehen. Mein Puls beschleunigte sich und ich ging schnell weiter. Verdammt. Ich hatte noch keine Idee, wie ich Frau Berger gegenübertreten sollte. Ein kleines Mädchen hüpfte vergnügt mit einem Springseil wenige Meter entfernt auf dem gefegten Bürgersteig. Als es mich sah, hielt es inne, um mich neugierig anzusehen. Mit piepsiger Stimme sprach es mich vertrauensvoll an.

»Wo willst du denn hin? Suchst du jemanden in unserer Straße?«

Ich schätzte die Kleine auf vier oder fünf Jahre. Trotzdem wirkte sie auf mich älter. Meine Mutter würde sagen, altklug. Ich begrüßte die Kleine betont freundlich.

»Guten Tag, wie ist denn dein Name? Wohnst du hier in der Straße?«

Etwas misstrauischer geworden, schenkte sie mir ein zögerliches Nicken. Das kleine Fräulein Wichtig sah mich von oben bis unten an, dabei drehte sie ihren Kaugummi um ihren kleinen Finger und steckte ihn gleich wieder in den Mund. In Windeseile wiederholte sie diesen Vorgang einige Male. Nachdem sie ihre Entscheidung getroffen hatte, plapperte sie munter drauflos.

»Ich bin doch die Lena. Lena Berger, fünf Jahre alt und schon groß.« Mühsam ein Schmunzeln unterdrückend, gab ich ihr die Hand.

»Freut mich, Lena, schön, dich kennenzulernen. Ich bin die Babsi. Sind deine Eltern zu Hause?« Lenas Augen weiteten sich.

»Nein, ich habe keine Eltern, meine Oma sorgt für mich. Sehr gut.« Sie betonte die letzten Worte, als wären sie einstudiert.

Es war, als schlüge ein Blitz in meinem Hirn ein. Währenddessen setzte der Specht eine Runde aus. Rüdiger Berger hatte ein Kind? Warum lebte er dann auf Sylt und kümmerte sich nicht um diesen kleinen Schatz? Ich wurde wütend. Dieser Mann war ja noch verantwortungsloser, als ich erwartet hatte. Meine Planlosigkeit löste sich auf wie Butter in der heißen Pfanne. Dieser Sache wollte ich auf den Grund gehen. Ganz gleich, welche Folgen meine Alleingänge haben würden.

»Ist deine Oma zu Hause?«

Ein erneutes zögerliches Nicken war die Antwort.

»Komm, ich bringe dich nach Hause. Ich möchte deine

Oma unbedingt kennenlernen.« Aufmunternd nahm ich Lena an die Hand und ging mit ihr die wenigen Schritte zum Haus ihrer Oma.

»Woher weißt du denn, wo ich wohne?«

»Oh, sagtest du nicht, du wohnst in diesem Haus?«, log ich. Lena durchschaute meine Lüge nicht, sie nickte eifrig und drückte die Gartenpforte auf.

»Oma! Wir haben Besuch.« Aus der piepsigen Stimme der Kleinen wurde eine laute, durchdringende. Die Haustür wurde wenige Augenblicke später aufgerissen. Eine zierliche, blasse Person mit dunklen Ringen unter den Augen öffnete. Silvia Berger.

»Ach, schon wieder eine Dame vom Jugendamt?« Ihre Stimme war unerwartet dunkel und fest. »Ich dachte, es ist alles geklärt. Lena geht es gut bei mir, ich werde sie nicht in eine Pflegefamilie geben. Nur über meine Leiche.« Wie zur Bestätigung klammerte sich Lena an einem der dünnen Beine ihrer Oma fest und sah sie ängstlich an.

Ich sah meine Chance gekommen. Situationselastisch hatte ich meine Taktik gefunden. Jugendamt, gute Idee! Ohne es zu ahnen, gab Frau Berger mir eine Daseinsberechtigung in ihrem Haus. Auch wenn ich nichts mit dem Jugendamt zu tun hatte, ließ ich sie erleichtert in dem Glauben.

»Keine Sorge, Frau Berger, ich bin nicht gekommen, um Ihnen Lena wegzunehmen. Es hat sich nur einiges in Ihrer Angelegenheit getan, über das ich Sie informieren möchte. Haben Sie einen Augenblick Zeit für mich? Ich bin Barbara Paulsen.«

Ich reichte ihr die Hand. Spontan hatte ich meinen Mädchennamen gewählt. Ich plante ohnehin, ihn wieder anzunehmen. Warum also nicht gleich? Lenas Oma machte eine resignierende Handbewegung, die andeuten sollte, dass ich eintreten durfte.

»Vielen Dank. Ich war gerade in der Gegend und dachte

mir, ich versuche es einmal ohne Termin. Entschuldigen Sie den Überfall.«

»Schon gut, kommen Sie bitte in die Küche. Ich habe Kaffee gekocht, möchten Sie einen?«

»Sehr gerne, wenn es keine Umstände macht.«

Sichtlich entspannter holte Frau Berger Tassen aus dem Schrank und stellte sie auf den Tisch. Lena verzog sich in ihr Kinderzimmer. Ich konnte es der Kleinen deutlich anmerken, dass sie Behördenbesuche kannte und gelernt hatte, sich unauffällig zu verhalten. Von dem offenen, fröhlichen Mädchen, das mir vor dem Haus begegnet war, fehlte jede Spur. Besorgt sah ich ihr nach, als sie leise aus der Küche schlich.

»Frau Berger«, begann ich vorsichtig, »ist Ihnen bekannt, dass Ihr Sohn vorzeitig aus der Haft entlassen wurde?«

Überrascht starrte sie mich an. »Nein, davon weiß ich nichts. Lena möchte trotzdem lieber bei mir bleiben.«

»Darum bin ich nur indirekt hier, ich bin sicher, dies steht nicht zur Diskussion. Ich muss Sie nur über die neue Sachlage informieren. Trotzdem bin ich etwas überrascht – ich dachte, Sie wüssten bereits Bescheid.«

Mit geschlossenen Lidern senkte die erschöpft wirkende Frau ihren Kopf. Dann sah sie mich traurig an.

»Meine Söhne pflegen keinen Kontakt zu mir. Ich habe keine Ahnung, wo sie sich aufhalten. Inzwischen möchte ich es auch gar nicht mehr wissen.« Eine Träne, die still aus ihrem Augenwinkel floss, machte ihre Aussage wenig glaubhaft. Ich konnte gut verstehen, dass sie ihre Kinder schmerzlich vermisste. Frau Berger sprach sehr leise. Ich konnte nicht nachvollziehen, ob vor Trauer oder ob sie verhindern wollte, dass Lena ihre Worte mithören konnte. Dies schien jedoch nicht zu funktionieren, ich hörte Lena im Kinderzimmer mit ihren Puppen sprechen. Wie erstarrt lauschte ich, hoffentlich unauffällig, den Worten Lenas. Sie echote jedes Wort ihrer Oma. Nur dass ihre Puppen keine Antworten gaben.

»Frau Berger, das tut mir wirklich sehr leid. Ich könnte mir jedoch vorstellen, dass diese Situation für Sie und Lena dazu führen wird, dass Sie eines Tages die Ruhe finden, die Sie beide so dringend benötigen.« Behutsam drückte ich ihre Hand und hielt sie einen Moment fest. »Sie machen das alles sehr gut. Lena kann glücklich sein, eine so liebevolle Oma zu haben. Ich wünsche Ihnen von Herzen alles Gute.« Ich erhob mich, um mich zu verabschieden. Frau Berger blieb sitzen.

»Trinken Sie noch einen Kaffee mit mir?«, fragte sie unerwartet. Verblüfft nahm ich meinen Platz wieder ein.

»Gerne.«

Ich reichte ihr meinen Becher. Sie sah mich nicht an, als sie in einem Singsang zu sprechen begann. Dabei wog sie ihren schmalen Körper leicht hin und her. Diese Frau schien unter einer Spannung zu leiden, die für sie nur schwer zu ertragen war. Um sich einen gewissen Halt zu verschaffen, griff Frau Berger an ihren Hals, wo ein silbernes Kreuz an einer Kette hing.

»Rüdiger ist ein lieber Junge.«

Irritiert zog ich eine Augenbraue hoch. Die Beschreibung ihres Sohnes zeigte mir wieder einmal, wie unvoreingenommen Mütter gegenüber ihren Kindern sein konnten.

»Er absolvierte sein Studium im Bauwesen mit Auszeichnung und bekam sofort eine Zusage für ein Projekt in Frankfurt. Ich war unendlich stolz auf meinen Sohn. Wissen Sie, wenn man als alleinerziehende Mutter einen Sohn großzieht, der so erfolgreich ist, kann man das schon als etwas Großes werten. Leider entwickelten die Dinge sich anders: Daniel.« Frau Berger schwieg.

»Daniel ist Ihr zweiter Sohn?«, erkundigte ich mich vorsichtig. Frau Berger legte ihr Gesicht in ihre Hände. Ihr Körper zuckte leicht. Mit tränennassem Gesicht blickte sie erschrocken hoch.

»Bitte, versprechen Sie mir, dass Sie niemandem davon erzählen! Ich weiß gar nicht, warum ich es Ihnen sage.«

»Vermutlich, weil auch Sie einmal darüber reden müssen. Keine Sorge, es wird bestimmt bald wieder alles gut.« Blöde Floskel, aber mir fiel nichts Besseres ein. Ungläubig wurde ich von ihren Blicken durchbohrt.

»Daniel ist mein Erstgeborener. Schon als Säugling machte er auf sich aufmerksam, und das nicht immer zum Positiven. In der Schule wurde es leider nicht besser. Im Gegenteil. Er verprügelte kleinere Kinder, trat den Lehrern gegen das Schienbein und setzte Mülltonnen in Brand. Mein schlechtes Gewissen, als Mutter etwas falsch gemacht zu haben, übertrug ich wahrscheinlich auch auf Rüdiger. Daniel wäre längst der Schule verwiesen worden, wenn Rüdiger nicht ab und zu die Schuld auf sich genommen hätte. Er hatte so gute Schulnoten, dass ein Verweis bei ihm nie zur Debatte stand. In dem Moment, als ich es durchschaute, veranlasste ich für Rüdiger einen Schulwechsel.«

In meiner Laufbahn als Richterin hatte ich schon viele Familienschicksale erlebt, aber die Familie Berger wurde mir langsam unheimlich. Wann war der »liebe Junge« Rüdiger auf die Idee gekommen, ebenfalls kriminell zu werden?

»Was passierte nach dem Schulwechsel?«, fragte ich deshalb.

»Daniel wurde ruhiger, nur selten kam es zu Übergriffen auf andere Schüler. Allerdings orientierte er sich an falschen Freunden außerhalb der Schule, von denen ich lange keine Ahnung hatte. Bis er eines Tages von der Polizei nach Hause gebracht wurde. Daniel war sechzehn, als er zum ersten Mal bei einem Einbruch erwischt wurde.«

Frau Berger hockte auf ihrem Küchenstuhl und starrte aus dem Fenster. Eine unangenehme Stille herrschte zwischen uns. Plötzlich sah sie mich zum ersten Mal direkt an. Ich bekam eine Gänsehaut. Diese gebrochene Frau, ihr ganzes Leben stets in Sorge um ihre Söhne, die sie über alles liebte, brauchte unbedingt Hilfe. Mir musste etwas einfallen.

»Wie kam es zu Rüdigers Überfall auf das Rentnerehepaar?« Ich musste die Frage stellen. Vielleicht würde Frau Berger irgendwann klarer sehen und Rüdiger nicht weiter in den Himmel heben. Sie durchbohrte mich mit ihren Blicken. Ich rechnete damit, abrupt der Tür verwiesen zu werden. Ich begann zu frieren unter ihren Augen. Zitternd stellte ich meine Tasse mit dem kalt gewordenen Kaffee zurück auf den Tisch.

»Nie.« Frau Berger stand auf, um nach Lena zu sehen.

Allein in der Küche, vermisste ich Peters Geborgenheit, sogar meinen Specht vermisste ich. Ich war wie vom Donner getroffen und wusste nicht, was ich von dieser Geschichte halten sollte. Deshalb versuchte ich die Erzählungen von Lenas Oma zu sortieren. In meinem Kopf herrschte ein fürchterliches Durcheinander. Einerseits war da meine Freundin Saskia, andererseits mein Versprechen, das Geheimnis der Familie Berger für mich zu behalten. Hatte ich wirklich zugesagt, die Geschichte für mich zu behalten?

Frau von Norden fiel mir wieder ein. Hatte sie tatsächlich ihren Widersacher im Husumer Schlosspark gesehen? Obwohl ich mir vorgenommen hatte, nie wieder Alkohol zu trinken, hätte ich nun einen Schnaps vertragen können.

Frau Berger trat in die Küche und blieb unschlüssig im Türrahmen stehen. Für mich ein Zeichen, dass es Zeit wurde, zu gehen. Ich hatte noch einige unbeantwortete Fragen. Mich interessierte vor allem, warum Lena dem Anschein nach keinen Kontakt zu ihrer Mutter hatte. Ich fühlte mich jedoch nicht in der Lage, die richtigen Worte zu finden. Schwerfällig erhob ich mich.

»Danke, Frau Berger, für Ihre Gastfreundschaft. Grüßen Sie bitte Lena von mir. Sie ist ein wirklich bezauberndes kleines Geschöpf. Passen Sie gut auf sich und Lena auf.«

»Ich danke Ihnen, Frau Paulsen. Sie sind die erste und einzige Person, der ich mich anvertraut habe. Hätte ich geahnt, wie gut es tut …« Frau Berger verstummte.

»Wer ist der Vater von Lena?« Die Frage brannte mir auf der Seele.

»Rüdiger.«

Zu weiteren Ausführungen war Frau Berger nicht mehr bereit. Der Abschied fiel relativ kühl aus. Wir waren beide restlos überfordert mit dem Gesagten und Gehörten. Auf dem Weg zu meinem Auto gingen mir unendlich viele Dinge durch den Kopf. Sollte ich Saskia aufklären, dass ihr Traummann nie gewalttätig geworden war? Damit würde ich ein Geheimnis verraten. Außerdem fragte ich mich, warum Rüdiger mit Melanie durchgebrannt war.

Die Frau an seiner Seite

Die Woche verging rasend schnell. Ich hatte versucht, meinen Ausflug nach Schleswig aus meinem Gedächtnis zu löschen. Am besten gelang es mir, wenn ich die liebevollen SMS von Peter empfing. Er hatte nicht aufgegeben und brachte sich so immer wieder in Erinnerung. Inzwischen gehörten die Nachrichten fest zu meinem Tagesablauf und machten mich immer ein wenig glücklicher.

Mein schlechtes Gewissen stieg mit jedem Tag, an dem ich Ralfs neue Partnerin spielte. In der Mittagspause rief ich bei Käthe an.

»Moin Muddi, wie geht es euch im Krankenlager? Ist Elsa schon wieder zu Hause?«

Käthe stöhnte.

»Nein, wir besuchen sie jeden Tag im Krankenhaus. Elsa glaubt, am Wochenende könnte sie entlassen werden.«

»Wie schön, dann könnt ihr es euch so richtig gemütlich machen«, versuchte ich Käthe aufzumuntern.

»Ja, Kindchen, das werden wir auch. Gunther bleibt noch eine Woche länger, allerdings müssen wir ihn in Elsas Arbeitszimmer unterbringen. Seine Pension ist leider schon belegt.«

»So, so, im Arbeitszimmer. Da ist er ja gut aufgehoben, und gar nicht weit von deinem Zimmer entfernt.« Glucksend beendete ich unser Gespräch.

»Hey, Babs, du hast ja gute Laune! Freust du dich schon auf unser Grillfest?« Ralf steckte seinen Kopf durch den Türspalt.

»Klar, Ralfi. Ich kann es kaum erwarten.« Den spöttischen Unterton konnte ich mir nicht verkneifen. Beleidigt trat er näher.

»Ist ja gut. Ich wäre dir trotzdem dankbar, wenn du unser Date ernst nehmen würdest.«

»Ich nehme es ernst, ich kann schon nicht mehr schlafen«, verkündete ich zu seiner Überraschung.

Mir war klar, diese Suppe würde ich später ganz allein auslöffeln müssen. Ich überlegte, ob ich ihn in die Berger-Story mit einbeziehen sollte, entschied mich jedoch dagegen. Mir war unwohl bei der Vorstellung, dass Daniel frei herumlief, ohne seine Taten verbüßen zu müssen. Mir wurde sogar übel, wenn ich daran dachte, dass er weiterhin sein Unwesen treiben könnte. So verantwortungslos durfte ich nicht sein. Dringend musste eine Lösung herbei.

Frau von Norden erleichterte mir die Entscheidung, indem sie mich anrief.

»Frau Kleinschmidt, wir werden leider doch nicht nach Pinneberg ziehen. Mein Mann hat vorgestern seine letzte Reise angetreten.« Ein klägliches Stimmchen drang an mein Ohr. »Ich bin so traurig über den Verlust, am liebsten würde ich meinem Mann folgen.«

»Frau von Norden, mein herzliches Beileid. Mir fehlen die Worte. Sind Ihre Kinder bei Ihnen?« Die Vorstellung, dass sie in diesen schweren Stunden allein war, konnte ich nicht ertragen.

»Ja«, flüsterte sie. »Sie bleiben auch noch eine Weile bei mir. Meine Kinder sind mir eine große Stütze, obwohl sie mit der Situation überfordert sind. Haben Sie etwas herausgefunden? Ist der brutale Täter hier in Husum?«

Diese Frage hatte ich befürchtet.

»Ich bin an der Sache dran, sorgen Sie sich nicht. Ich bin sicher, er wird sich unauffällig verhalten. Sie bekommen zuallererst Nachricht, sobald ich etwas in Erfahrung bringe.«

Mir blieb nichts anderes übrig, als Frau von Norden alles Gute und viel Kraft zu wünschen, bevor sie das Gespräch beendete. Verdammt, ich musste mir Hilfe holen. Aber von wem? Eines war sicher, Daniel durfte nicht ungestraft davonkommen. Das hatte die Familie von Norden nicht verdient. Ich wählte das große Programm und vereinbarte einen Termin mit dem Staatsanwalt. Erleichtert, den richtigen Entschluss gefasst zu haben, machte ich mich schwerfällig wieder an die Arbeit.

Der Freitag kam schneller, als mir lieb war. Ralf erschien jede Stunde einmal in meinem Büro, um sicherzugehen, dass ich nicht kniff. Tatsächlich spielte ich mit dem Gedanken, mich in den Zug zu setzen, um nach Sylt zu fahren. Ich wollte mich in Peters Arme werfen und die komplizierte Welt, in der ich mich befand, einfach vergessen.

»Hast du schon Pläne für deine Garderobe heute Abend?« Abschätzend beäugte er mein Kostüm.

»Übertreib nur nicht, Ralf, es ist ein Grillfest, kein Galaabend. Ich werde dich schon nicht blamieren.«

»Die anderen Frauen putzen sich immer besonders heraus. Nur so, als Tipp.« Er erntete einen bösen Blick. »Schon gut, Babs, du wirst bestimmt die Schönste des Abends sein!« Er wollte noch weiter ausholen, doch er bekam von mir ein lautes »Raus!« zu hören. Sein Gesichtsausdruck war eine amüsante Entlohnung für dieses verrückte Vorhaben.

Ich hatte mir tatsächlich noch keine Gedanken über mein Outfit gemacht. Auch wenn es ein warmer Sommer war, würde es am Abend sicher kühl werden. Ich hätte große Lust gehabt, mir einen Seemannspullover überzuwerfen. Schmunzelnd dachte ich außerdem an Gummistiefel.

Ich wählte Elsas Telefonnummer. Die klägliche Stimme meiner Tante ertönte am anderen Ende der Leitung.

»Elsa, wie geht es dir? Hast du alles gut überstanden?« Sie atmete ein wenig schwer, ich war in Sorge.

»Ja, ja, alles bestens. Ich habe mir nur gerade eine Flasche Wasser geholt. Es strengt mich schon sehr an, aber ich will nicht klagen. Was verschafft mir die Ehre deines Anrufes?«

»Warum holst du dir das Wasser selbst? Ist Muddi nicht bei dir?«

»Doch, meistens schon. Aber heute ist sie mit Gunther unterwegs, ich habe ihr freigegeben.« Sie lachte gequält in den Hörer.

»Ich komme am Samstag zu euch, dann kann ich dich ein bisschen verwöhnen. Ich muss nur noch mal versuchen, mit Saskia in Kontakt zu kommen, danach bin ich für dich da«, versprach ich ihr.

»Saskia? Gibt es Neuigkeiten in dieser Sache? Stell dir mal vor, Melanie und dieser Rüdiger sind wieder auf der Insel. So eine Frechheit, nicht zu glauben, wie schwer Melanie es ihrer Mutter macht.« Dafür hatte ich allerdings auch kein Verständnis, selbst wenn Rüdiger dem Anschein nach unschuldig war.

»Ich habe den Staatsanwalt eingeschaltet. Ich erwarte demnächst eine erneute Aufnahme des Falls.«

»Wegen Melanie?«, fragte Elsa verwirrt.

Ich musste lachen, trotz dieser unglücklichen Geschichte.

»Nein, nicht wegen Melanie. Ich habe so einiges erfahren, darüber darf ich aber leider noch nicht sprechen. Bitte mach auch Käthe gegenüber keinerlei Andeutungen.«

»Du kannst dich auf mich verlassen, Babs.«

»Ich weiß, Elsa.« Mit wilden Schmetterlingen im Magen traute ich mich, nach Peter zu fragen.

»Mensch, Liebes, den hat es aber fürchterlich erwischt. Henry ist immer noch sehr in Sorge. Er hat sogar das Malen eingestellt. Hast du gar keinen Kontakt mehr?«

»Doch, schon, wir schreiben uns regelmäßig SMS, aber ich mache ihm immer wieder deutlich, dass ich nur wenig Zukunftspläne mit ihm habe. Elsa? Ich vermisse ihn ziemlich dolle.«

Beidseitiges Schweigen in der Leitung. Mit jeder Faser sehnte ich mich nach diesem verrückten Kerl.

»Nun, Engel, es wird so kommen, wie es kommen soll. Genieße dein Leben, ganz gleich, was geredet wird. Du bist jung.«

Ich? Jung? Wenn Elsa es sagte, war vielleicht etwas dran.

»Danke, Elsa, du bist wie immer eine gute Ratgeberin. Ich versuche immer wieder, über meinen Schatten zu springen, aber der Schatten ist schneller.«

Am Ende des Gesprächs starrte ich meine Bürowände an. Ralf war es zu verdanken, dass ich nicht ins tiefe Grübeln verfiel.

»Babs, schaffst du es noch, einen Salat zu machen? Die Frauen übernehmen beim Grillen die Beilagen, ich habe ganz vergessen, dich zu informieren.« Geknickt sah er mich an. Ralf machte zu meiner Belustigung wirklich einen erbärmlichen Eindruck.

»Nein, tut mir leid, ich habe überhaupt nichts im Haus. Aber ich kann Brot besorgen, wenn es okay ist.«

Ralf strahlte übers ganze Gesicht.

»Super Idee, bis gleich! Ich hole dich um halb fünf ab.«

Mir blieb keine Zeit für Widerworte, da war er schon verschwunden. Alter Gauner.

Schnell räumte ich meinen Schreibtisch auf. Ich freute mich auf Samstag – je schneller dieser Abend zu Ende war, desto eher war ich wieder auf Sylt. Beim Bäcker meiner Wahl kaufte ich fünf Meterbrote und fuhr nach Schobüll, um mich frisch zu machen.

Meine Frisur war an diesem Abend eine Herausforderung, die ich nur mäßig zufriedenstellend meisterte. Bei der Jeans und der Sommerbluse war ich nicht so skeptisch. Gegen die eventuelle Kälte griff ich mir einen modischen Poncho. Ein leichtes Make-up vervollständigte mein Aussehen. Einigermaßen zufrieden wartete ich auf Ralf.

»Guten Abend, meine Sonne, hübsch siehst du aus«, schmeichelte er mir.

»Danke. Schön, dass du pünktlich bist. Ich stehe hier schon in Hut und Mantel, wie immer, wenn ich abgeholt werde«, scherzte ich vergnügt. Zu allem Überfluss nahm er meine Hand und führte mich zum Auto. Genervt entzog ich sie ihm wieder.

»Babs, es muss schon irgendwie glaubhaft wirken, sonst lassen die Jungs sich nicht täuschen«, beschwerte er sich entrüstet.

»Wir sind noch nicht in Mildstedt, also benimm dich bitte«, ermahnte ich meinen Kollegen.

»Üben müssen wir doch ein wenig, sonst geht das Ganze fürchterlich in die Hose.« Ralf war so nervös, dass ich mir das Lachen nicht verkneifen konnte.

In angespannter Stimmung fuhren wir nach Mildstedt. Auch ich wurde zunehmend nervöser. Ich verspürte absolut keine Lust, die glückliche Braut zu spielen. Worauf hatte ich mich nur eingelassen?

Schon beim Aussteigen vor dem Grundstück seines Skatbruders schlug mir der Geruch von Grillkohle entgegen. Mir wurde übel. Lautes Stimmengewirr drang an unsere Ohren. Ralf nahm zärtlich meine Hand und führte mich in den hinteren Teil des Gartens. Beim Anblick der Partygäste blieb Ralf stehen, um mich liebevoll in die Arme zu nehmen. Unerwartet gab er mir einen langen Kuss. Zwischen seiner Zunge und seinen Lippen murmelte ich: »Ralf, was soll das? Ich bekomme keine Luft mehr.«

»Dann halte den Mund, Liebling.« Schwer atmend versenkte er seine Zunge noch weiter, zu meiner Überraschung unglaublich geschickt. Seine Hände ruhten auf meinem Po. Zum Glück wurden wir gestört.

»Ralf, wie schön, euch zu sehen. Herzlich willkommen. Barbara, du kannst die Brote zu Elly in die Küche bringen.«

Dankbar über meine »wichtige« Aufgabe suchte ich die Küche. Es erstaunte mich keineswegs, dass ich neugierige Blicke erntete. Trotzdem waren sie mir unangenehm. Ich stellte mich freundlich vor und erkundigte mich, wo ich die Brote hinlegen sollte.

»Du kannst dir ein Messer nehmen und sie gleich klein schneiden. Hast du einen Brotkorb mitgebracht?« Elly sah mich fröhlich an.

»Nein, tut mir leid, daran habe ich nicht gedacht. Kannst du mir aushelfen?«

Elly lachte albern.

»Natürlich, wir wissen doch, wie kopflos Frau ist, wenn sie verliebt ist. Es ist wirklich klasse, Ralf wieder mit einer Frau zu sehen. Er schwärmt ja schon so lange von dir! Schade, dass du im Januar keine Zeit hattest, um an unserem Jahresausflug teilzunehmen.«

Ich schluckte, im Januar? Wie konnte Ralf nur so lange lügen? Resigniert machte ich mich an die Arbeit. Die anderen Damen, inklusive Elly, verließen die Küche, beladen mit Salatschüsseln und Besteck. Ich säbelte wütend mit dem Messer das Brot klein. Verdammt, ich wollte nur noch weg. Unbemerkt war mein Liebster in die Küche gekommen. Er drängte sich dicht an mich und griff von hinten an meine Brüste. Zärtlich streichelte er sie, dabei knabberte er an meinem Ohrläppchen. Wobei wohl sabbern der treffendere Ausdruck gewesen wäre.

»Meine Sonne, endlich gehörst du mir.« Erregt hauchte er mir seine Liebe zu. »Du machst mich zum glücklichsten Mann der Welt.«

Seltsamerweise wurde ich immer ruhiger. Sanft, aber bestimmt schob ich ihn von mir. Er sah mich immer noch von Glück erfüllt an, als ich mein Handy aus der Hosentasche zog und die Tausend wählte. Eine freundliche Stimme erkundigte sich nach meinen Wünschen.

»Ein Taxi bitte, nach Mildstedt, Mauweg 66. Bitte schnell.«

»Wir haben einen Fahrer ganz in Ihrer Nähe, circa fünf Minuten Wartezeit.«

»Danke, ich warte draußen.« Ich beendete das Gespräch, sah Ralf drohend an und schob mich an ihm vorbei.

»Du kannst jetzt nicht gehen, Babs. Was denken die anderen von mir?« Flehend sah er mich an.

»Das hättest du dir früher überlegen sollen.« Ich würdigte Ralf keines Blickes mehr. Ich hatte genug von diesem Zirkus. Leider war die Haustür verschlossen, so dass ich durch den Garten gehen musste. Im Flur traf ich ausgerechnet auf einen Skatbruder.

»Na, noch schnell etwas versteckt in der Küche?« Lüstern zog er mich mit seinen Blicken aus.

Ich richtete mich zu meiner ganzen Größe auf, sah ihn mit zusammengekniffenen Augen an und gab ihm eine schallende Ohrfeige. Eigentlich hätte Ralf sie verdient gehabt.

Erleichtert sah ich beim Verlassen des Grundstücks meine Rettung in Form eines Taxis. Frustriert ließ ich mich in den Sitz sinken, flüsterte der Fahrerin meine Adresse zu und schloss die Augen.

»Da stehen eine Menge Leute am Gartenzaun, wollen Sie noch einmal winken?« Die warme Stimme der Fahrerin verschluckte ein Kichern.

»Nein«, sagte ich, ohne die Augen zu öffnen. Mir reichte die Vorstellung, dass alle am Zaun standen und Ralf trösteten. Nicht zum ersten Mal fragte ich mich, wie es möglich war, dass so viele kranke Menschen zu meinem Umfeld gehörten. Meine Gedanken wanderten zu Peter. In diesem Augenblick schien er mir der normalste Mensch auf Erden zu sein. Mir gelang ein Lächeln und ich fasste einen Plan.

»Aufwachen, junge Frau, wir sind am Zielort. Macht fünfundzwanzig Euro.«

»Danke, ich schlafe nicht, sondern mache Pläne.« Ich lächelte meine Retterin an und griff in meine Tasche, um mein

Geld zu suchen. Erschrocken stellte ich fest, dass ich nichts bei mir hatte.

»Entschuldigung, ich muss Geld aus dem Haus holen.« Rasch stieg ich aus. »Ich bin sofort zurück.« Ich zögerte kurz. »Darf ich Ihnen einen Kaffee anbieten? Kommen Sie doch mit hinein.« Die Taxifahrerin sah mich an wie jemand, der schon immer mal Psychologie studieren wollte.

»Brauchen Sie jemanden zum Reden?«, kam die besorgte Frage.

»Nein, aber danke. Ich meinte es nur gut.«

»Ich auch«, grinste sie mich an. »Ich heiße übrigens Carola. Leider habe ich einen anderen Termin. Vielleicht klappt es ja ein anderes Mal.«

Eilig ging ich ins Haus, um endlich den Fahrpreis zu bezahlen.

»Können Sie mich in einer Stunde zum Bahnhof fahren?«, fragte ich, als ich zurück war. Ich wollte den Zug um 19.30 Uhr nach Sylt nehmen.

»Ich versuche es, sonst kommt ein Kollege. Ich gebe es sicherheitshalber an die Zentrale weiter.«

»Vielen Dank, vielleicht bis später!«

Ich lächelte ihr noch einmal zu und beeilte mich, um das Nötigste einzupacken. Eigentlich hätte ich noch zum Zingel fahren müssen, um Muddis Sachen zu holen. Ich beschloss jedoch, Muddi müsse noch mal shoppen gehen. Siedend heiß wurde mir bewusst, dass ich ihre Blumen auch noch nicht versorgt hatte. Ein schlechtes Gewissen beschlich mich. Da ich noch eine Stunde Zeit hatte, stürmte ich meine Garage und verhalf meinem Hugo spontan zu einem Ausflug.

Muddis Blumen klagten ihr Leid, schnell ertränkte ich sie in reichlich Wasser. Danach suchte ich in Windeseile Käthes Klamotten zusammen. Nun sah ich so aus, als würde ich bei einem Umzug helfen, so viel Gepäck hatte ich bei mir. Ob der freundliche Schaffner wieder Dienst hatte? Doch selbst wenn, er würde kaum zum Taxi kommen, um mir die Gepäckstücke abzunehmen. Hektisch lenkte ich Hugo zurück nach Schobüll. Die Zeit wurde langsam knapp.

Während Hugo entspannt in der Garage schlummerte, zog ich mich schnell um. Durch das Küchenfenster sah ich mein Taxi ankommen. Nervös wuchtete ich meinen Minikoffer vom Bett und schob ihn zur Tür, wo Käthes großer Koffer schon geparkt war. Ein lautes Hupen machte die stressige Situation nicht besser. Schnell öffnete ich die Haustür, um der Taxifahrerin zu zeigen, dass ich sie gehört hatte. Ich musste trotzdem noch einen Kontrollgang durch das Haus machen. Ich würde sonst im Zug ins Grübeln geraten. Habe ich die Kaffeemaschine ausgemacht? Säuselte der Lüfter im Bad noch vor sich hin?

Carola kam mir entgegen, um mir mit den Koffern zu helfen. Mühelos legte sie Käthes Gepäck in den Kofferraum, um gleich danach meinen Mini dazuzustellen.

»War wohl kein erfolgreicher Abend? So schlimm, dass Sie gleich ausziehen müssen?« Besorgt betrachtete sie mich.

»Nein, ich muss nicht ausziehen, ich habe mich nur entschieden, heute Abend noch nach Sylt zu fahren.« Mit einem befreiten Lachen nahm ich im Wagen Platz. In diesem Moment zogen die Schmetterlinge wieder in meiner Magengegend ein. Ich erwischte mich dabei, wie ich mich darauf freute, Peter wiederzusehen.

»Wow, Sylt ist immer eine Reise wert. Ich wünsche Ihnen viel Spaß.«

Carola startete den Motor und brauste los. Es hatte angefangen zu regnen. Meine Schadenfreude über das ins Wasser fallende Grillfest konnte ich nicht verhindern.

Geliebt oder nicht geliebt

Im Zug schrieb ich meiner Mutter eine SMS mit der Bitte, mich am Westerländer Bahnhof abzuholen. Ich war sicher, Elsa würde ihr Auto hergeben, auch wenn Muddis Fahrstil abenteuerlich war.

Während der Überfahrt war ich eingeschlafen. Verknittert und planlos stellte ich die Koffer polternd auf den Bahnsteig. Zu meinem Ärger regnete es immer noch Bindfäden. Hoffentlich war Käthe pünktlich.

»Babs, hier bin ich!«

Käthe wartete bei den Schließfächern. Großzügig griff sie nach meinem Minikoffer und überließ mir gönnerhaft ihren Großen.

»Ach Muddi, schön, dass du mich abholst. Hast du noch etwas zum Abendbrot? Oder muss ich einkaufen?« Lachend warf Käthe den Kopf in den Nacken.

»Für deinen Spatzenhunger finde ich sicherlich noch einiges im Kühlschrank, nun komm erst mal zum Auto. Es zieht fürchterlich hier am Bahnhof.«

Wie begossene Pudel erreichten wir den kleinen Flitzer meiner Tante. Dicht hinter das Lenkrad geklemmt, die Nase fast an der Windschutzscheibe, hatte Käthe es sich zum Ziel gemacht, uns sicher nach List zu befördern. Im Geheimen wünschte ich mir Carola an meine Seite.

»Muddi, fahr nicht so schnell. Du siehst doch kaum etwas, so wie es schüttetet.«

»Mach dir mal keine Sorgen, Kindchen, ich habe schließlich seit vierzig Jahren eine Fahrerlaubnis.«

»Aber seit fünfzehn Jahren fährst du kein eigenes Auto mehr. Hier auf Sylt ist die Zeit auch nicht stehen geblieben«, versuchte ich sie zum langsameren Fahren zu bewegen. Stattdessen trat sie weiter aufs Gaspedal.

»Vorsicht, Käthe! Da ist eine große Wasserpfütze …«

Zu spät. Ein Fußgänger, der gerade die Straße überqueren wollte, wurde von Käthe mit einem Schwall Sylter Regenwasser gesegnet. Fluchend gestikulierte er und drohte uns mit seinem Schirm. Mein Mütterlein blieb unberührt, sie hielt kurz an und stieg aus. Mit einem Bein im Auto schaute sie über das Dach zum Fußgänger.

»Nun stellen Sie sich mal nicht so an. Warum stehen Sie auch so nahe am Straßenrand? Wissen Sie denn nicht, wie gefährlich das ist?«

»Was fällt Ihnen ein, haben Sie Ihren Führerschein im Lotto gewonnen? Mein Anzug ist ruiniert.« Er sah wirklich bemitleidenswert aus, aber Muddi hatte kein Mitgefühl.

»Das mit Ihrem Anzug ist wirklich schade, aber ich habe keine Zeit zu verschenken. Nennen Sie mir Ihre Größe und ich stricke Ihnen einen neuen. Selbstverständlich kann ich den Schaden auch meiner Versicherung melden, entscheiden Sie selbst.« Käthe war inzwischen um das Auto herumgelaufen, gab dem verdutzten Mann ihre Visitenkarte und stieg wieder zu mir in den Wagen. Mit offenem Mund starrte ich sie von der Seite an.

»Mach den Mund wieder zu, Kindchen, wir fahren weiter.« Sie legte den ersten Gang ein und brauste los.

Eine Weile schwieg ich. Dann lachte ich schallend los. »Käthe, du kannst doch gar nicht stricken.«

»Das weiß der doch nicht.«

Mir war völlig schleierhaft, was in sie gefahren war. Ich kam zu dem Schluss, dass es etwas mit Sylt oder Gunther zu tun haben musste. Ich zeigte mich zwar entrüstet, aber mir gefiel die Wandlung meiner Mutter, auch wenn ich mich nicht dagegen wehren konnte, mich ein wenig zu schämen. Im rechten Rückspiegel erblickte ich den begossenen Mann, der uns perplex nachsah.

»Nun erzähl, Babs, gibt es Neuigkeiten von Saskia und ihrem merkwürdigen Lover?«

Wieder so ein modernes Wort aus dem Mund meiner für gewöhnlich immer korrekten Mutter. Lover. Wo hatte sie das nur wieder aufgefangen?

»Gibt es, aber ich darf nicht darüber reden. Bitte dräng mich nicht weiter. Bestimmt kann ich demnächst einiges klären.«

Ich versuchte, mich entspannt zurückzulegen, spürte jedoch eine Anspannung, von der ich nicht wusste, ob sie an Muddis Fahrstil oder an Peter lag. Er ahnte noch nicht, dass ich zurück war. Am folgenden Tag würde ich erst einmal Saskia mit meinem Besuch beglücken. Leider wusste ich noch nicht, was ich ihr sagen wollte. Die Tatsache, dass Melanie und Rüdiger sich nähergekommen waren, machte es für mich nicht einfacher. Was sollte ich sagen? »Sasi, du brauchst dir keine Sorgen machen, Mellis große Liebe ist kein Verbrecher«? Nur ein kleiner Trost, schließlich hatte sie mir ohnehin nicht geglaubt.

Erleichtert erblickte ich das Ortsschild von List. Nicht nur Elsas Auto war unbeschadet nach List gelangt. Auf Käthes Strickkünste durfte ich weiterhin gespannt sein. Grinsend verließ ich den Wagen, während Muddi einen Sicherheitscheck tätigte, indem sie etliche Male überprüfte, ob das Auto auch wirklich vom Wegrollen gesichert war. Sie zog noch einmal kräftig an der Handbremse und ließ das Lenkrandschloss einrasten. Dennoch stieg sie unschlüssig aus.

»Babs, du brauchst unbedingt trockene Kleidung, du erkältest dich womöglich noch!«

Ganz davon abgesehen, dass mir das auch klar war, musste ich wieder einmal feststellen: Wenn ich mit meiner Mutter zusammen war, legte ich meine einundfünfzig Jahre an der Haustür ab. Brav antwortete ich: »Ich weiß, Muddi, mach dir keine Sorgen. Ich habe dieses Mal genug Klamotten zum Wechseln mit.«

»Vielleicht ist es besser, du gehst noch mal unter die warme Dusche. Ich mache dir inzwischen etwas zu essen.« Entschlossen ging sie in die Küche, um mir ein Mahl zu bereiten.

»Käthe, du solltest dich auch erst trockenlegen. Ich mache mir schon selbst etwas zum Abendbrot. Wo ist Elsa eigentlich?« Suchend ging ich durch alle Räume, um meine verletzte Tante zu finden.

»Weiß nicht«, schmollte Käthe. »Sie hat sich ein Taxi gerufen und hat nicht gesagt, wohin sie will.«

»Hattet ihr Streit?«

»Ich bin mir keiner Schuld bewusst. Ich glaube, sie brauchte frische Luft oder einen Tapetenwechsel. Sie macht stets ein Geheimnis aus ihren Telefonaten und Besuchen. Ich vermute, da steckt ein Kerl dahinter.« Sinnierend sah sie aus dem Fenster.

»Wie wunderbar, dann habt ihr ja beide eine neue Liebe? Wie läuft es mit Gunther?« Mir fiel auf, dass er nicht im Haus war. Käthes Gesicht verhärtete sich.

»Pah«, schnaubte sie nur. Erstaunt musterte ich meine Mutter. Sie lief an mir vorbei, behauptete, aus den nassen Klamotten herauszumüssen, und verschwand in ihrem Schlafzimmer. Ratlos blieb ich zurück, bis ich zu frieren begann. Dann wurde mir bewusst, dass ich immer noch in den nassen Kleidern steckte.

Gedankenverloren schälte ich mich aus der feuchten Kleidung und hüllte mich in Elsas Bademantel, der mir nur bis zu den Knien ging. Zum Ausgleich schlüpfte ich in warme Socken. Ich setzte mich auf die Bettkante, um Saskia eine Nachricht zu senden.

Hallo Saskia, bin wieder auf der Insel. Können wir uns morgen treffen? Liebe Grüße, Babs.

Obwohl die Hoffnung gering war, gleich eine Antwort zu erhalten, starrte ich auf mein Handy. Es kam keine Antwort. Ich legte mein Telefon auf den Nachttisch, um in die Küche zu gehen. Blink … Erwartungsvoll nahm ich es wieder in die Hand. Peter.

Vermisse dich, Liebes, wann sehen wir uns endlich wieder? Bin am Wochenende bei Freunden auf dem Festland. Darf ich dich besuchen?

Mein Magen zog sich zusammen, fast glaubte ich, seine Hände zu spüren. Enttäuscht ließ ich das Handy sinken.

»Babs, du kannst essen kommen!« Käthe stand in der Tür.

»Super, Mama, ich habe großen Hunger«, log ich. Skeptisch wurde ich von ihr beäugt.

»Hast du Sorgen, Kindchen? Du nennst mich Mama.« Ich nahm meine Mutter in den Arm und hielt sie sanft fest. Ich liebte ihren Duft, ihr weiches Haar und ihre runzelige Haut.

»Nein, alles in Ordnung. Manchmal bin ich einfach nur froh, dich zu haben.« Zur Bestätigung drückte ich ihr einen Kuss auf die Wange. »Komm, lass uns essen.«

Ich schob sie zur Tür hinaus und folgte ihr in die Küche. Käthe hatte einen Rotwein geöffnet, der mir sehr willkommen war. Warm lief mir der Wein die Kehle hinunter, gleichzeitig wanderte er in meinen Kopf. Mir war leicht schwindelig, als ich die Spiegeleier mit frischem Brot verspeiste. Meine Mutter schien einen ausgesprochenen Appetit zu haben. Kauend ließ sie ihren Blick nicht von mir ab.

»Du siehst müde aus, Kind.« Sie unterbrach ihre Kauarbeit nicht. Ihre Dritten leisteten Schwerstarbeit. Ich schluckte meinen Bissen hinunter.

»Nun iss doch erst in Ruhe auf. Wir können gleich noch eine Runde quatschen«, versuchte ich Zeit zu gewinnen.

»Hast du schon gehört, Melli und dieser Rüdiger sind wieder auf der Insel.« Empört wartete sie auf eine Antwort von mir.

»Elsa hat es mir am Telefon erzählt. Ich werde Saskia morgen besuchen, sofern sie es zulässt. Abgesehen von der Tatsache, dass Rüdiger mit Melanie rummacht, glaube ich, einiges aufklären zu können.« Ich hoffte, meine Mutter würde mit dieser Erklärung zufrieden sein und keine weiteren Fragen mehr stellen. »Wo ist Gunther denn nun? Ist es vorbei mit euch, oder warum hast du eben so komisch reagiert?«

Mir war es gelungen, vom Thema abzulenken. Dafür musste ich jedoch mit ansehen, wie Käthe in sich zusammensackte. Alle Farbe war aus ihrem Gesicht gewichen. Alles deutete auf Krisenalarm hin.

»Wenn ich das nur wüsste.« Sie schniefte kurz und theatralisch. »Und wenn schon, ich bin seit vielen Jahren auch alleine klargekommen. Da brauche ich so einen Nürnberger doch nicht.« Trotzig hob sie ihr Kinn.

»Du meinst, er hat etwas anderes am Laufen?«

»Ich bin sicher, Elsa hat ihre Finger im Spiel. Meine eigene Schwester. Nicht zu glauben.«

»Quatsch, Muddi, Elsa hat ihre eigenen Eisen im Feuer, da bin ich ganz sicher. Seit wann hast du Sorge, dass Gunther sich nicht mehr für dich interessiert?« Prüfend musterte ich Käthe.

»Seit heute Nachmittag«, platzte sie hervor. Sie kratzte sich den Kopf und wurde sichtlich unruhiger. »Kurz nachdem Elsa aus dem Haus gegangen war, ging er ebenfalls fort. Mit einer merkwürdigen Ausrede.«

»Wie lautete diese?«, fragte ich ungeduldig. Muddi zuckte mit einer Schulter.

»Na ja, er hat gesagt, er komme später wieder.«

»Mehr nicht? Warum gehst du davon aus, er hätte eine andere? Ist denn irgendetwas vorgefallen?« Ratlos sah ich sie an.

»Nein! Nichts und gar nichts! Ich verstehe es einfach nicht.« Käthe war sichtlich betrübt. Ihr Blick wanderte an mir, wie es schien, ins Leere. Ihre Augen wurden dunkel.

»Na, siehst du«, versuchte ich sie aufzumuntern. »Ich bin sicher, es wird sich alles zum Guten aufklären.« Ich hoffte es zumindest. Das Wochenende mit einer liebeskranken Käthe zu verbringen, entsprach nicht dem, was ich mir ersehnt hatte. Mir reichte die Gewissheit, dass Peter nicht auf der Insel weilte. Ich vermisste seine Zärtlichkeiten und die leisen Worte, die er mir laufend ins Ohr flüsterte.

»Ruf ihn einfach an, vielleicht geht es dir danach besser«, schlug ich tröstend vor.

»Ich laufe keinem Kerl hinterher. Warum sollte ich?« Muddi schob beleidigt die Unterlippe vor. Die Haustür fiel ins Schloss.

»Elsa, bist du es?«, kreischte meine Mutter in Richtung Flur. Doch die Schritte aus dem Flur waren eindeutig zu gleichmäßig und schnell. Elsa benutzte Gehhilfen. Gott sei Dank, der Verlorene war zurück. Strahlend stand Gunther in der Küchentür.

»Babs, eine schöne Überraschung!« Er stürmte auf mich zu, um mir einen Kuss auf die Wange zu geben. »Käthchen, meine Liebe, ich habe dich vermisst. Bist du bereit für einen Nachtausflug?« Geheimnisvoll blinzelte er eine vor Scham rotwerdende Käthe an. Galant nahm er ihre Hand, um ihr liebevoll aus dem Stuhl zu helfen, woraufhin ein inniger Kuss folgte. Schmunzelnd konnte ich förmlich sehen, wie die Beine meiner Mutter zitterten. Zucker im heißen Tee löste sich schwerer auf.

»Ich bin in einer Minute fertig, mein Bärli«, flötete sie. Amüsiert sah ich ihr nach, als sie aus der Küche verschwand. Gunther grinste mich an. Alter Schwerenöter.

Wenige Minuten später schwebten die beiden zur Tür hinaus. Die plötzlich eintretende Stille drohte mich zu erdrücken. Obwohl es nicht mehr regnete, machte der Herbst sich in meiner Seele breit. Neidisch dachte ich an die verliebten Rentner. Selbst Melli und Rüdiger waren im siebten Himmel.

Während ich in Selbstmitleid schwelgte, fiel mir ein, dass ich Peters SMS noch nicht beantwortet hatte. Schnell erhob ich mich vom Stuhl und lief in mein Schlafzimmer. An der Tür empfing mich ein schrilles Klingeln – ich musste endlich meinen Klingelton ändern. Ohne auf das Display zu schauen, nahm ich ab. Ralf.

»Babs, bitte leg nicht gleich auf, ich möchte mich entschuldigen«, rief er mir ins Ohr. »Es tut mir wirklich unendlich leid. Ich bin eindeutig zu weit gegangen. Zu meiner Entlastung kann ich nur sagen, dass ich wirklich seit Monaten in dich verliebt bin. Ich hatte die Hoffnung, dass es dir auch so gehen würde, wenn wir uns erst mal nähergekommen wären. Ich weiß, das war idiotisch. Bitte vergib mir.« Schweigen.

Ich räusperte mich leise. »Ralf, ich wäre froh, wenn wir wieder ganz normale Kollegen werden könnten. Ich schätze die Zusammenarbeit mit dir sehr, aber zu mehr reicht es leider nicht.« Ich hoffte, Ralf hatte mich verstanden und würde nun wirklich keine weiteren Versuche starten, um mich umzustimmen.

»Puh, ich bin froh, dass du nicht sauer bist. Ich werde dich nicht mehr nerven, versprochen.«

Ein Stein fiel mir vom Herzen. Es würde zwar noch eine Weile dauern, bis ich wieder unbelastet mit ihm umgehen konnte, aber ich war sicher, es würde klappen. Wir verabschiedeten uns kühl, aber versöhnt. Eine Baustelle weniger in meinem Leben.

Ohne zu überlegen, wählte ich Peters Telefonnummer. Mit klopfendem Herzen lauschte ich dem Freizeichen. Als seine warme Stimme am anderen Ende der Leitung ertönte, schmolz ich dahin.

»Hallo Peter, wie geht es dir?«, säuselte ich in den Hörer. Verträumt lag ich auf dem Bett und himmelte die Zimmerdecke an.

»Meine Sonne, schön, deine Stimme zu hören.« Er hauchte die Worte so zart, dass es mir heiß den Rücken hinunterlief. Mein Körper vibrierte und mir wurde heiß. Zusätzlich hatte ich ein Gefühl der Schwerelosigkeit. Leise aus der Ferne schien es, als ob Engel mir ins Ohr sangen. Gott, machte dieser Mann mich verrückt.

»Was machst du gerade?«

»Ich träume von dir«, rutsche es mir heraus und ich zuckte unweigerlich zusammen. Was hatte ich gerade gesagt?

»Wirklich?« Ich hörte, wie er schluckte. Zögerlich fragte er: »Bist du sicher?«

»Jaaa! Verdammt. Ja.« Ich kuschelte mich noch weiter in mein Bett und bekam leuchtende Augen. »Ich bin auf der Insel. Ich dachte, wir könnten uns sehen, aber leider bist du nicht hier«, bettelte ich unaufhaltsam in den Hörer. Ich war bereit, alle Bedenken über Bord zu werfen. Schließlich ist das Leben zu kurz, um Wunder einfach zu vergeuden. »Wie schade, ich hätte dich ins Land der Liebe gebracht.« Ich flirtete wie eine liebesverrückte Gans.

»Ich bleibe noch einige Tage in Kiel. Darf ich dich am Montag in Schobüll besuchen?« Sein Flehen in der Stimme konnte er nicht verbergen.

»Ich freue mich auf dich, Peter.«

Nach zwei Stunden Flirten und Tuscheln beendeten wir unsere Kuschelleitung. Ich blieb einfach liegen und starrte glücklich in die Dämmerung. Ein Antwort-SMS von Saskia beförderte mich schlagartig in die Realität.

Wir können uns morgen treffen, es gibt Neuigkeiten zu berichten.

Erleichtert sprang ich aus dem Bett, um die Zähne zu putzen. Ich wollte ausgeschlafen in dieses Treffen gehen. Ich schlüpfte wieder in mein Bett und versuchte, ein Buch zu lesen.

Bodo hatte es sich bei mir gemütlich gemacht. Plötzlich fing er an zu winseln. Elsa stand in meiner Zimmertür.

»Babs, schläfst du schon?«, flüsterte sie vorsichtig. Schlagartig setzte ich mich auf.

»Nein, Tantchen, komm doch näher. Hattest du einen schönen Tag?«

Sie drehte sich kurz um, als ob ihr jemand folgen könnte. So schnell es ihre Gehhilfen zuließen, setzte sie sich auf die Bettkante. Zitternd griff sie zu meiner Hand.

»Liebes, schön, dass du wieder hier bist«, begann sie umständlich. Ich war mir jedoch sicher, dass sie etwas anderes auf dem Herzen hatte. Trotzdem ging ich auf ihr Versteckspiel ein.

»Finde ich auch, Elsa. Ich bin immer gerne hier bei dir.« Als ob ich genau das Falsche gesagt hätte, verfinsterte sich ihr Gesicht. Sie knetete ihre Hände und rutschte unruhig auf der Bettkante hin und her.

»Ach Liebes, ich bin so unsicher, mein ganzes Leben scheint aus dem Ruder zu laufen.« Zweifelnd sah sie mich an.

»Aber Elsa, was ist denn nur passiert?« Besorgt nahm ich ihre Hände in meine, in der stillen Hoffnung, sie einigermaßen zu beruhigen. Verzweifelt schüttelte sie ihren blonden Kopf.

»Henrik. Er will, dass ich bei ihm einziehe.«

Meine Augen weiteten sich.

»Wie kommt er darauf?«, fragte ich verblüfft. Verschämt senkte sie ihren Blick.

»Wir sind seit zwei Jahren ein Paar. Ich liebe ihn auch sehr, aber ich habe Angst vor diesem Schritt. Ich kann nicht alles aufgeben, nur weil ein Mann mich ganz für sich haben will.«

Ich war froh, dass es, wieder einmal, nichts Schlimmeres war. Allerdings konnte ich die Ängste meiner Tante auch verstehen.

»Das ist doch wunderbar, Elsa, ihr könnt zusammen euren Lebensabend verbringen. Nie mehr bist du allein auf dich gestellt. In guten und in schlechten Zeiten. Ich gratuliere dir von Herzen. Ich bin sicher, ihr findet eine Lösung.«

Sichtlich erleichtert nahm Elsa mich in die Arme. »Babs, es war mir so wichtig, dass du mich unterstützt und mir Mut zusprichst. Danke. Ich schlafe eine Nacht darüber und treffe eine Entscheidung.« Kichernd fügte sie hinzu: »Ich glaube, Henrik wird sich freuen.«

Elsas Entschluss war schon lange gefallen. Sie wusste es nur noch nicht. Sichtlich erleichtert schlüpfte sie zur Tür hinaus. Ich lächelte ihr nach. Es machte mir Freude, zu sehen, wie meine liebsten Menschen ihr Glück fanden.

Familienbande

Früh am Morgen stand ich auf, um zu duschen. Ich war mit Saskia verabredet. Mein Nervenkostüm war etwas dünn, ich zitterte leicht. Würde es erneut zu einem Streit kommen? Ich war mir immer noch nicht sicher, ob ich ihr die ganze Wahrheit erzählen durfte, beschloss jedoch, abzuwarten. Sicher würde mir zu gegebener Zeit das Richtige einfallen.

Käthe und Gunther waren spät in der Nacht nach Hause gekommen. Albernd stiegen sie die Treppe hinauf. Laut klopfend standen sie kurz darauf vor meiner Tür. Ich stellte mich schlafend. Ich würde noch früh genug erfahren, warum sie so ausgelassen waren.

Als ich das Haus verließ, war, abgesehen von einigen Pfützen, nichts mehr vom Regen übrig. Die Luft war klar und frisch. Sie Sonne zeigte sich von ihrer besten Seite. Ich lief den kleinen Strandweg hinunter, um zu unserem Treffpunkt zu gelangen. Saskia wollte mir auf neutralem Boden begegnen.

Schon aus der Ferne erkannte ich ihre schmale Gestalt. Sie lief nervös auf und ab. Sie schien unserem Treffen genau wie ich ängstlich entgegenzusehen. Wir waren uns eben doch sehr ähnlich. Ein Grund, warum wir uns seit unserer Kinderzeit so gut verstanden hatten. Es blieb zu hoffen, dass wir wieder dicke Freundinnen werden würden.

Als Saskia mich erspähte, blieb sie stehen. In Lauerstellung wartete sie ab, bis ich bei ihr ankam. Nur ihre Finger öffneten und schlossen sich, sonst bewegte sie ihren schönen Körper nicht. Der leichte Wind spielte mit ihren Haaren und ihr Rock flatterte frech an ihr auf und ab. Wäre die Situation nicht so ernst gewesen, hätten wir darüber gelacht.

Wir standen uns wie betäubt gegenüber. Keiner sprach ein Wort. Saskias Augenlider flatterten nervös. Vorsichtig schob ich eine Hand vor, um ihre zu ergreifen. Es fiel mir ein Stein von Herzen, als sie es erlaubte. Eine leise Hoffnung wuchs in mir heran. Hatte ich meine Freundin zurück?

»Sasi, schön, dich zu sehen«, flüsterte ich ergriffen. Der Wind trug meine Worte auf die See hinaus. Ich war mir nicht sicher, ob sie mich verstanden hatte. Früher hatten wir uns auch ohne Worte verstanden. Ich wünschte mir, dass es wieder so werden würde. Saskia drückte sanft meine Hand und hakte sich bei mir unter. Langsam gingen wir den Strand entlang.

»Es tut mir leid, dass ich dich genervt habe, als ich herausfand, dass Rüdiger mit Melli verschwunden war. Ich dusselige Kuh war sofort eifersüchtig.«

»Jetzt bist du es nicht mehr?«, fragte ich vorsichtig. Völlig unerwartet kicherte Saskia. Hatte sie sich so schnell damit abgefunden? Lag es an ihrer grenzenlosen Mutterliebe?

»Stell dir vor, die beiden sind aufs Festland gefahren, um meinen Geburtstag zu planen. Es war eine rauschende Nacht. So könnte ich jeden Tag in ein neues Jahrzehnt begleitet werden. Es war wunderschön, Babs.«

Abrupt blieb ich stehen.

»Stimmt, Sasi, du bist fünfzig geworden! Alles Gute nachträglich und willkommen im Club.« Nach kurzem Zögern schloss ich sie in die Arme. »Ich habe lange mit mir gerungen, dich anzurufen, beschloss dann aufgrund unseres Streits darauf zu verzichten. Es ist mir unendlich schwergefallen, dir nicht zu gratulieren.«

Saskia versteifte sich leicht. Sofort ließ ich sie wieder frei.

»Danke Babs, schade, dass du nicht dabei warst. Der einzige Wermutstropfen an diesem Abend.«

Vor Erleichterung schossen mir Tränen in die Augen. Lachend schubste sie mich an.

»Sag jetzt bloß nicht, die Tränen kommen vom Wind. Du wirst alt, meine Liebe.«

Ich senkte mein Kinn und grinste. »Stimmt.«

Wir ließen uns im Windschatten der Dünen nieder. Das Meer rollte inzwischen mit lautem Getöse an den Strand. So liebte ich meine Insel. Seite an Seite mit Saskia war es fast unerträglich schön. Noch stand uns eine weitere Aussprache bevor. Ich traute mich nicht, unsere Harmonie zu stören. Sasi schien es genauso zu gehen. Sie war die Mutigere von uns beiden. Nach einem verhaltenen Räuspern legte sie mit ihrer dunklen Stimme leise los.

»Babs, ich habe mit Rüdiger gesprochen. Deine Beschuldigungen ließen mir doch keine Ruhe. Auch wenn ich es nicht wahrhaben wollte, wurde mir klar, dass ich Gewissheit haben musste.«

Ich unterbrach meine Freundin mit einem leisen »Pst … ich habe mich geirrt. Bitte verzeih mir«. Meine Entscheidung, ihr keine Details zu verraten, wurde von Saskia enttarnt.

»Natürlich hattest du recht.« Mein Kopf flog in ihre Richtung. »Bedingt recht«, flüsterte sie.

»Wie meinst du das?«

»Silvia.«

»Wer ist Silvia?«

Sasi sah mich gespielt vorwurfsvoll an, es zuckte um ihre Mundwinkel. »Das weißt du ganz genau. Nun tu nicht so unschuldig, du kannst nicht flunkern.«

Ich umfasste meine Knie und wiegte mich hin und her. Ich starrte zum Meer. »Stimmt.«

Saskia kicherte neben mir.

»Saskia, was hat Silvia Berger euch erzählt?« Angstvoll blickte ich in ihre Augen.

»Babs, Rüdiger ist unschuldig, nur das ist für mich wichtig.«

Schweigend schüttelte ich den Kopf.

»Es ist jemand auf freiem Fuß, der ohne Strafe davonkommt. Ein alter, geschädigter Mann ist an den Folgen der Verletzungen gestorben, die dieser Jemand ihm zugefügt hat. Er hinterlässt eine trauernde Frau, die ebenfalls nicht mehr leben will.«

Erschrocken hielt ich inne. Wusste Saskia überhaupt davon?

»Das ist alles sehr traurig, da gebe ich dir uneingeschränkt recht. Trotzdem bin ich froh, dass Rüdiger kein Verbrecher ist. Seine Mutter rief uns an. Sie war außer sich, ein Familiengeheimnis verraten zu haben. Silvia wollte uns darauf vorbereiten, falls die Dame vom Jugendamt nicht dichthielt. Mir war sofort klar, wer dahintersteckte. Die Beschreibung passte genau auf dich. Wir werden unser Geheimnis gut bewahren. Nicht wahr, Babs?« Ihre forschenden Blicke durchbohrten mich. Ein Dolchstoß mitten ins Herz.

»Saskia, bitte, sei nicht so naiv. Ich habe einen Ruf zu verlieren, sollte das je ans Tageslicht kommen. Abgesehen davon läuft Daniel durch Husum, frei und unbestraft. Es ist nur eine Frage der Zeit, bis er wieder zuschlägt. Rüdiger ist genauso straffällig geworden, da er seinen Bruder deckt. Die Sache wird dadurch nicht besser. Außerdem …« Mir versagte die Stimme.

»Was?« Saskia war aufgesprungen.

»Die Staatsanwaltschaft ist bereits eingeschaltet.« Ich erwähnte nicht, dass ich vorerst um einen Termin gebeten hatte. Auf keinen Fall würde ich einen Rückzieher machen.

»Bist du wahnsinnig geworden? Rüdiger ist krank vor Sorge um seinen Bruder. Er würde eine Haftstrafe nicht verkraften.«

Mühselig erhob ich mich ebenfalls aus unserer Sand-Oase. Ich atmete tief durch und baute ich mich vor Saskia auf. Verzweifelt versuchte ich ruhig zu bleiben. Meine Stimme zitterte.

»Sasi, du weißt, ich bin Richterin geworden, weil ich einen

ausgeprägten Gerechtigkeitssinn habe. Ich wohne auch in Husum, schon vergessen? Deinen Torten ist es gleichgültig, welche Geheimnisse du mit dir trägst, solange es für dich in Ordnung ist. Ich muss der Witwe in die Augen sehen, die um ihren Mann trauert. Wenn ich jetzt ein Auge zudrücke, müsste ich jedem, der vor Gericht geladen wird, womöglich die gleiche Chance zugestehen wie Daniel. Mir wird schlecht, Sasi, wenn ich daran denke.« Meine Stimme überschlug sich. Unendlich traurig nahm ich innerlich endgültig Abschied von meiner Freundin. Sie würde mich nicht verstehen. Ehrlich gesagt verstand ich Sasi schon lange nicht mehr. Vermutlich hatte der Mehlstaub ihr Gehirn vernebelt. Resigniert wandte ich mich ab, um zu gehen. Sasi hielt mich am Arm zurück.

»Babs, überleg es dir bitte. Denk an Silvia, sie liebt ihre Jungs. Beide sind in Freiheit.«

»Lena. Hat einer von euch auch einmal an Lena gedacht?«

»Was soll das nun wieder, Babs? Wer ist Lena?«

Ich sah meine Freundin verständnislos an.

»Frag Rüdiger.« Erschöpft entfernte ich mich von Saskia.

»Barbara!« Ihre Rufe wurden vom Wind über das Meer getragen. Meine Ohren erreichten sie nicht mehr. Ich vernahm lediglich ein lautes Rauschen, welches nicht einmal die Nordsee zu übertönen vermochte. Seit meinem ersten Besuch auf der Insel war so vieles passiert. Ich wünschte mir meine Gelassenheit und meine Routine zurück. Die Befürchtung, dass es nie wieder so werden konnte wie früher, zerriss mir das Herz.

Ohne Vorwarnung strömten die Tränen in Sturzbächen über mein Gesicht. Vergeblich versuchte der Wind, sie zu trocknen, immer wieder flossen sie erneut ungehindert aus meinen verquollenen Augen. Die Haut spannte, nicht nur mein Gesicht schmerzte. Salz auf der Haut, Salz in der Luft. Erst am Ende macht der Anfang wieder Sinn. Doch ein Ende dieser Geschichte war noch lange nicht in Sicht. Da konnte Gitte Hænning noch so laut darüber singen. Trotz der Tränen gelang mir ein Lächeln. Warum dachte ich gerade in diesem Moment an dieses Lied?

Ich hatte noch keine Lust, nach Hause zu gehen. Keine Lust, mich den neugierigen Fragen meiner Mutter oder von Elsa zu stellen. Ich hockte mich wieder in eine Düne und überließ es dem Meer, meine Nerven zu beruhigen.

Ein Schatten verdunkelte das Sonnenlicht. Verwirrt sah ich auf, ich musste meine Augen mit der Hand beschatten. Dann erkannte ich Peter.

»Du hast geweint?«

Er stellte keine weiteren Fragen. Dieser wunderbare Mann setzte sich zu mir und schloss mich in eine warme, innige Umarmung. Sanft küsste er mein Haar, streichelte mein tränennasses Gesicht und hielt mich einfach nur fest. Nie zuvor hatte ich so eine Geborgenheit durch einen Mann erfahren. Aus meinem tiefsten Inneren schwoll ein Orkan an, der mich auf das Heftigste schüttelte. Hemmungslos schluchzend klammerte ich mich an Peter. Er wog mich in seinen Armen wie ein Kind.

»Wo kommst du eigentlich her? Warum bist du nicht mehr auf dem Festland?« Ich verschluckte mich fast an meinen Tränen.

»Du warst so unerwartet geschmeidig am Telefon. Ich dachte mir schon, dass du Sorgen hast.«

»Nicht dein Ernst?«

»Doch, natürlich.«

Ich war so gerührt, neue Tränen rollten ungehindert in die Freiheit. Verdammt, seit wann war ich so eine Heulsuse?

»Hast du Lust, meine Familie kennenzulernen?« Unsicher sah ich an ihm hoch.

Er küsste meine tropfende Nasenspitze. »Sehr gerne.«

Peter sprang auf und gab mir seine Hand, um mir beim Aufstehen behilflich zu sein. Ich ergriff sie und ließ ihn nicht wieder los. So herrlich leicht konnte das Leben sein. Kichernd forderte ich Peter auf, mit mir ein Wettrennen zu veranstalten. Es war ein Bild für die Götter, er barfuß und ich in Birkenstocks. Der Verlierer stand schon nach einigen Sekunden fest. Peter hatte eindeutig den Barfußvorteil gehabt.

Befreit warfen wir uns in den Sand. Innige Küsse, begleitet von unendlicher Leichtigkeit, beförderten uns in das Land der Liebe.

Erst am späten Nachmittag erreichten wir Elsas Häuschen. Bodo sprang freudig auf uns zu und freundete sich sofort mit dem fremden Besucher an. Mich begrüßte er nur flüchtig. Zu meiner Überraschung waren ausnahmsweise alle zu Hause.

Käthe sah mich skeptisch an. »Was haben Sie meiner Tochter angetan?«, fuhr sie Peter an, nachdem sie bei mir die unübersehbaren Spuren der Tränen erkannt hatte.

Peter war sich, außer unserer Strandliebe, keiner Schuld bewusst. Zerknirscht sah er Käthe an.

»Muddi!«, tadelte ich entrüstet. Besorgt blickte ich zu Peter.

»Schon gut, Babs, ich kann das ab. Schließlich bin ich mit der Familie Brand verwandt.« Lachend begrüße er meine Mutter, die nach wie vor mürrisch zu ihm aufsah.

»Käthe, lass den Piet in Ruhe. Schließlich gehört er bald zur Familie. Dies wiederum erweckte meine Gegenwehr.

»Ich habe nicht vor, in nächster Zeit zu heiraten.«

Elsa drängte in unsere Mitte. Mit erhobener Stimme verkündete sie laut: »Aber ich. Piet ist Henrys Neffe.«

Es war nur noch das Ticken der Küchenuhr zu hören. Gunther befreite sich als Erster aus der Schockstarre.

»Herzlichen Glückwunsch, Elsa, ich wünsche dir alles erdenklich Gute.« Er nahm sie zur Bestätigung schwungvoll in den Arm.

Nun wurden wir anderen ebenfalls aktiv. Piet war am wenigsten überrascht. Er drückte meiner Tante einen Kuss auf die Stirn.

»Das wurde aber auch Zeit. Willkommen in unserer verrückten Familie.«

»Danke, gleichfalls«, hauchte Elsa glücklich und blinzelte mir zu.

Gunther öffnete geschickt eine Flasche Sekt, während ich die Gläser aus dem Wohnzimmerschrank besorgte. Er zwinkerte mir zu.

»Babs, darf ich dich um die Hand deiner Mutter bitten? Mir schwebt da eine Doppelhochzeit vor.«

Käthe, die sich sehr still verhalten hatte, donnerte, für alle unerwartet, los.

»Als Erstes müsstest du mich fragen. Meine Antwort lautet: Nein! Ich werde doch nicht auf meine Witwenrente verzichten.« Wütend stampfte sie mit dem Fuß auf und stürmte aus der Küche. Eine Tür schlug laut ins Schloss.

Traurig blickte Gunther zu mir herüber. Er wollte ihr sofort folgen. Ich hielt ihn an der Jacke zurück.

»Gib ihr Zeit, Gunther. Sie wird sich wieder beruhigen. Glaub mir.«

Er ließ die Arme sinken. Sämtliche Kraft war diesem lieben Kerl entwichen. Hörten die Katastrophen denn nie auf?

»Bist du sicher, Babs?«

»Ja, ganz bestimmt. Ich habe meine Mutter noch nie so glücklich erlebt wie an deiner Seite. Ich denke, sie kann ihr Glück selbst noch nicht fassen. Ich rede später mit ihr. Versprochen.«

Dankbare Augen sahen mich über die Nickelbrille an. Gunther machte so einen zerbrechlichen Eindruck, er tat mir leid. Elsa gesellte sich zu uns.

»Die kommt schon wieder in die Spur. Ich kenne doch meine Schwester. Prost, Gunther.« Sie erhob ihr Glas und ließ die Gläser klingen.

Leise kam Piet zu mir, um seine Arme von hinten über meiner Brust zu kreuzen. Seine Wärme hüllte mich ein und löste ein Glücksgefühl aus, das auch von Käthes Wutausbruch nicht geschmälert werden konnte.

»Irgendwas ist immer, oder?«, grinste er mir zu.

Ich seufzte. »Wo du recht hast …«

Muddi würde sich sicher bald beruhigen. Um Saskia wollte ich mir keine Sorgen mehr machen. Alles sollte seinen gerechten Gang nehmen, dafür würde ich sorgen.

Abgesehen von Käthe bekamen alle Hunger. Elsa beförderte uns aus der Küche und machte sich an die Arbeit. Sie wollte ein leckeres Mahl herbeizaubern. Zum ersten Mal hatte sie Henrik erlaubt, in ihr Haus zu kommen. Nervös klapperte sie mit den Töpfen.

»Kann ich dir helfen, Elsa?«, bot ich an. Ihre Gehhilfen waren eindeutig etwas störend in der Küche. Sie lehnte mein Angebot entschieden ab.

»Nein, Liebes, kümmere du dich bitte um deine Mutter. Ich möchte sie beim Essen dabeihaben. Du machst das schon.« Liebevoll küsste sie mir auf die Wange.

»Das sagst du so.«

Piet verabschiedete sich, er wollte noch duschen und sich umziehen. Schließlich war ein kleines Festessen geplant.

»Du bist doch sonst nicht so pingelig«, scherzte ich.

»Stimmt, sonst nicht.« Grinsend gab er mir einen Klaps und verschwand.

Gunther zog sich mit einer Zeitung zurück. Ob er wirklich zum Lesen kam, blieb allein sein Geheimnis. Leise schlich ich in Käthes Schlafzimmer. Sie lag mit Schuhen auf dem Bett und starrte die Decke an. Mein Klopfen ignorierte sie. Dessen ungeachtet trat ich ein und ging zu ihr ans Bett.

»Muddilein«, wisperte ich, »ist alles in Ordnung?«

Verwirrt sah sie mich an.

»Was soll denn noch in Ordnung sein? Ich habe die große Liebe verspielt.«

Muddi war wie ich Gitte-Fan, ihre Anspielung auf einen alten Schlager der Dänin war jedoch eher Zufall. Langsam ließ ich mich an ihrer Seite nieder und streichelte ihre schmale Hand.

»Warum hast du gerade so böse reagiert? Du neigst in letzter Zeit häufiger dazu, auszuflippen wie ein Teenager. So kenne ich dich gar nicht.«

»Weiß ich doch auch nicht. Sag du es mir. Wozu habe ich dich studieren lassen?«

Ein unlogischer Kommentar. Ich lächelte Käthe an. »Du bist richtig verliebt, oder?«

»Ja!« Meine Mutter, die mich in Kindertagen geduldig in allen Nöten getröstet hatte, begann hemmungslos zu heulen.

»Das ist doch ein wunderbares Geschenk, da musst du nicht weinen.« Sanft streichelte ich ihren Arm. In der linken Hand hielt sie krampfhaft ein Papiertaschentuch, welches inzwischen dringend benötigt wurde.

»Rutsch mal«, forderte ich sie auf. Ich legte mich zu ihr ins Bett und hielt sie fest. Ihr Körper bebte bei jedem Seufzer, Käthe beruhigte sich nur langsam. Fast wäre ich in unserer Umarmung eingeschlafen. Doch dann begann sie zu sprechen.

»Mein Leben lang musste ich auf mich allein aufpassen, euch großziehen, für unseren Unterhalt sorgen und vieles mehr. Und nun stolpert von heute auf morgen Gunther in mein geordnetes, durchgeplantes Dasein. Nichts ist mehr so, wie es war. Aber alles ist viel schöner.«

Ihre Unterlippe zitterte. Erneute Tränen kündigten sich an, erbarmungslos nahmen sie Muddi in Besitz.

»Du hast Angst vor den Veränderungen, oder? Ich gebe dir recht, wenn du glaubst, für eine Heirat sei es zu früh …«

Mit verstopfter Nase und tränenerstickter Stimme protestierte Käthe. »Quatsch, schau mal auf meinen Ausweis. Wir haben nicht ewig Zeit.«

Verdutzt fing ich ihren Blick auf. Die verheulte Käthe grinste mich verschmitzt an. Ich schwang meine Beine aus dem viel zu engen Bett.

»Ich schicke dir Gunther, der ist nämlich völlig fertig.«

»Danke«, näselte mein Mütterlein. »Kindchen? Habe ich dir schon einmal gesagt, wie wundervoll du geraten bist?«

»Danke, Mama, hast du.« Ich lächelte sie an, bevor ich die Tür hinter mir zuzog.

Gunther war sichtlich erleichtert. Aufgeregt eilte er zu Käthe.

Aus der Küche drang ein herrlicher Duft. Elsa gab wie immer ihr Bestes. Da sie noch immer keine Hilfe wollte, ging ich mit Bodo in den Garten, um mich im Strandkorb zu entspannen. Bodo versuchte unentwegt meine Aufmerksamkeit zu erlangen, indem er mir immer wieder seinen schlabberigen Ball vor die Füße warf. Er war so ein süßer kleiner Kerl. Es gelang ihm fast immer, mich von meinen Tagträumen abzulenken. Dieses Mal blieb ich standhaft. Nur mechanisch machte ich ihm die Freude und warf den Ball, sobald er ihn mir zurückbrachte. Meine Aufmerksamkeit galt in Gedanken Peter. Ungeduldig wartete ich auf seine Rückkehr.

Inselrauschen

Mein Handy machte sich mit einem Summen bemerkbar. Neugierig zog ich es aus meiner Hosentasche. Julia verlangte nach mir.

Hallo, meine kleine Inselprinzessin, geht es dir gut? Rosa macht sich total dünne. Darf ich dich auf Sylt besuchen? Ich würde den nächsten Zug nehmen.

Julia

Ich musste kurz überlegen, wo ich Julia unterbringen sollte. Die Zimmer im Haus waren komplett ausgebucht. Notgedrungen würde sie auf dem Sofa schlafen müssen. So wie ich Julia kannte, würde es kein Problem für sie darstellen.

Ich hole dich vom Bahnhof ab.

Bussy Babs.

Ich ging ins Haus, um Elsa auf einen weiteren Gast vorzubereiten.

»Wunderbar, wir haben eine richtig große Gesellschaft heute Abend. Ich werde allerdings noch ein bisschen Zeit benötigen«, erklärte sie mir.

»Der Zug ist ja noch nicht einmal unterwegs. Wahrscheinlich kommt Julia eher zu spät.«

»Och, da kennst du Henry noch nicht, er ist ein notorischer Zuspätkommer.« Lachend putzte sie Gemüse unter fließend Wasser. Im Kühlschrank türmten sich Dessertschalen mit himmlischen Köstlichkeiten.

»Geht es deiner Mutter besser? Oder soll ich noch mal?« Besorgt sah sie von ihrer Gurke auf.

»Nein, alles bestens, sie vertrug nur ihren eigenen Liebesrausch nicht.«

»Du glaubst gar nicht, wie gut ich das verstehen kann.« Sie machte eine Handbewegung und scheuchte mich aus der Küche. Gehorsam setzte ich mich in Bewegung, nicht ohne vorher vom Dessert zu naschen.

»Raus, und Finger weg. Sonst ist die Überraschung im Eimer.« Elsa drohte mir mit einer Möhre. Beim Hinausgehen warf ich noch einen Blick auf die verwaisten Gehhilfen. Geschickt bewegte Elsa sich auf einem Bein durch ihre Küche. Verrücktes Huhn.

Fast wäre ich mit Gunther zusammengestoßen. Glücklich strahlte er mich an.

»Danke, Barbara«, raunte er mir zu.

»Keine Ursache.« Fröhlich ging ich auf mein Zimmer, um mich frisch zu machen. Peter war noch nicht zurück. Gerne würde ich ihn mit zum Bahnhof nehmen, wenn ich Julia abholte. Ein Blick auf die Uhr erinnerte mich daran, dass ich langsam losfahren musste. Ich wollte noch einmal nach Käthe sehen und traf sie schon im Flur. Strahlend leuchteten ihre Augen mich an.

»Ach Kindchen, danke für deine Ratschläge, mir geht es viel besser.«

»Den wichtigsten Ratschlag hast du dir selbst gegeben, Muddi. Du kanntest die Antworten schon.« Lachend wirbelte ich sie herum.

»Und du, Babs? Bist du glücklich? Piet ist ein sehr sympathischer Mann, allen Gerüchten zum Trotz. Ich wünsche dir Liebe ohne Leiden. Wenn du glücklich bist, bin ich es auch.«

»Danke, Mama, ich bin wirklich glücklich. Auch wenn ich nicht weiß, was die Zukunft bringen wird. Wir leben jetzt und heute. Alles andere wird sich zeigen.«

»Genau die richtige Einstellung, Barbara. So wie es im Moment aussieht, befinden wir uns alle im Liebesrausch.« Kichernd schwebte sie in die Küche. Elsa schickte sie nicht wieder hinaus. Ich schnappte mir Elsas Autoschlüssel und fuhr zum Bahnhof.

Ich hatte Glück, einen Parkplatz zu finden, ohne ein Halteverbot in Anspruch nehmen zu müssen. Eilig ging ich zum Bahnsteig, um auf den in wenigen Minuten einfahrenden Zug zu warten. Wie immer war dort Hochbetrieb. Laut quietschend rollte der Zug ein. Die Bremsen arbeiteten noch, da flogen die ersten Türen bereits auf. Menschen strömten heraus und liefen in alle Richtungen. Ein kleines Mädchen kletterte aus dem Zug. Es kam mir gleich bekannt vor. Es war Lena, dicht gefolgt von ihrer Oma. Ich war den aufmerksamen Augen der Kleinen nicht entgangen. Zutraulich rannte sie auf mich zu.

»Hallo, was tust du hier? Holst du uns ab?«

»Lena! Nein, ich will eine Freundin abholen. Aber schön, dich zu sehen. Wie geht es dir, Kleines, und was machst du hier auf Sylt?«

Lena holte tief Luft.

»Meinen Papi besuchen. Oma hat gesagt, es wird Zeit.«

Silvia Berger rollte mit einem großen rosa Koffer an. Dem Anschein nach würde es ein längerer Aufenthalt auf Sylt werden.

»Guten Abend, Frau Paulsen. Welch ein Zufall, Sie hier zu sehen.« Fröhlich reichte sie mir die Hand.

Irgendetwas war mit ihr geschehen. Sie wirkte ausgeglichen und sicher. Sie war sehr hübsch mit ihrer gesunden Gesichtsfarbe. Die Augenringe gehörten hoffentlich der Vergangenheit an. Fasziniert starrte ich Frau Berger an.

»Guten Abend, Frau Berger. Wie ich vermute, haben Sie eine Entscheidung getroffen? Sie sehen ausgesprochen gut aus. Freut mich für Sie. Wirklich.«

»Daran sind Sie nicht ganz unschuldig, Frau Paulsen. Lange habe ich überlegt, nun bin ich zu dem Schluss gekommen, Lena muss zu ihrem Vater. Ich bin sicher, er wird zur Vernunft kommen, wenn er sich um Lena kümmern muss. Sie wird mir sehr fehlen.« Frau Berger kämpfte mit aufkommenden Tränen.

»Sie haben die richtige Entscheidung getroffen, Frau Berger. Und Sylt ist von Ihnen aus doch gut zu erreichen. Sie können Lena jederzeit sehen. Wichtig für Sie alle ist doch, zur Ruhe zu kommen.«

»Mal sehen, wie weit es mit der Ruhe her ist. Ein neuer Prozess wird anstehen. Daniel muss ins Gefängnis, wie ich vermute. Ach, wissen Sie es schon? Er wurde festgenommen, bei einem erneuten Versuch, in eine fremde Wohnung einzudringen. Nun kann ihm niemand mehr helfen.« Frau Berger wirkte erleichtert. »Tun Sie, was Sie tun müssen, Frau Paulsen. Wir haben alle lange genug gelitten. Daniel soll endlich Verantwortung für seine Taten übernehmen. Auch wenn er dafür im Knast versauert.«

»Sie sind eine tapfere Frau. Ich bin froh, Sie kennengelernt zu haben.« Ich wünschte ihr und Lena eine schöne Zeit auf Sylt und verabschiedete mich. Es wurde höchste Zeit, nach Julia Ausschau zu halten.

»Na, biste endlich fertig mit Quatschen?« Julia umarmte mich lautstark. Der Westerländer Bahnhof war um eine Attraktion reicher. Die wilden Hummeln. Eng umschlungen schlenderten wir zum Auto.

»Sag schon, was macht die Liebe?« Ausgelassen knuffte Julia mir in die Seite.

»Du wirst ihn gleich kennenlernen. Wir essen alle zusammen. Julia, ich bin glücklich. Ganz gleich, wie lange es anhält. Jeden Augenblick werde ich genießen.«

»Na endlich, wurde aber auch Zeit. Ich freue mich für dich, Babs.«

»Wir müssen uns beeilen, Elsa wartet bestimmt mit dem Essen auf uns.«

Wir gingen gut gelaunt zum Auto, das treu auf unsere Rückkehr wartete. Ich steckte den Schlüssel ins Schloss und startete. Eigentlich hätte in diesem Moment ein Motorgeräusch ertönen müssen. Doch da war Stille. Es machte nur Klick. Erstaunt sah ich Julia an.

»Schön leise, das Auto deiner Tante«, witzelte Julia und kramte in ihrer Tasche nach Schokis. In aller Seelenruhe wickelte sie das Papier ab, um den Riegel genüsslich in ihrem rotgeschminkten Mund zu versenken.

Zum Scherzen fehlte mir dann doch die Ruhe. Hatte ich Elsas Auto geschrottet? Nervös versuchte ich es erneut. Nur das Radio erfreute uns mit einem Song aus den Siebzigern. Planlos lief ich um den kleinen Flitzer herum. Aber ich konnte nicht entdecken, warum er uns seinen Dienst versagte. Inzwischen war Julia ebenfalls ausgestiegen.

»Wir müssen einen Autonotdienst verständigen. Gibt es so etwas auf der Insel?« Fachmännisch beäugte sie die Motorhaube. Wie ging die überhaupt auf? Mit offener Haube würden wir zumindest den Anschein erwecken, nicht planlos zu sein.

»Keine Ahnung. Es ist Samstagabend, ich fürchte, die haben schon Feierabend. Ich versuche es mal bei der BMW-Zentrale. Die werden uns sicher weiterhelfen.« Ich suchte die Papiere aus dem Handschuhfach. Tatsächlich wurde ich fündig. Eine Telefonnummer mit der Notrufzentrale lag vorne im Fach. »Hast du ein Handy dabei, Julia? Ich fürchte, meins liegt auf dem Nachttisch.«

»Ich glaube, mein Akku ist leer, aber ich schau mal.«

Mit dem letzten Rest der Akkuladung stellten wir eine Verbindung her. Eine freundliche Frauenstimme erkundigte sich nach unseren Wünschen.

»Wir möchten nach List, meine Tante wartet mit dem Essen auf uns«, erzählte ich konfus. Julia verdrehte die Augen.

»Sag doch erst einmal, wo wir sind, bevor der Akku seinen Geist aufgibt.«

Die Aussicht auf ein verpasstes Essen machte sie nun doch ungeduldig. Ich nannte schnell die Anschrift und erklärte die Autopanne, dann war die Verbindung unterbrochen. Ratlos sah ich mich um, ob vielleicht schon die Rettung anrollte. Das war jedoch eher Wunschdenken.

»Hast du Schokolade im Auto?« Julia schien Angst vor einer Unterzuckerung zu haben. Sie tänzelte auch nicht mehr herum, wie es sonst ihre Art war. Ich musste kichern.

»Ein Pfefferminzbonbon habe ich in meiner Tasche.«

»Gib her«, forderte Julia mich auf. Gierig steckte sie das klebrige Etwas in den Mund. Für Julia schien es ein Festessen zu sein. Ich versuchte eine Telefonzelle zu erspähen. Zwecklos. Elsa würde sich Sorgen machen. Sicher würde sie verzweifeln, sollte ihr Kunstwerk im Ofen zerfallen.

Eine Stunde später stand ein Pannenfahrzeug neben uns. Ein strahlender Mittfünfziger kam auf uns zu.

»Guten Abend, die Damen. Wie ich sehe, haben Sie ein Problem.« Er gab mir die Hand und stellte sich vor. »Klaus Schneider, vom BMW-Service.«

Er war glattrasiert und duftete nach einem Hugo-Boss-Aftershave. Seine braunen Augen strahlten Ruhe aus, ein warmer Händedruck verhieß Rettung. Er begrüßte meine Freundin. Währenddessen versuchte ich, die Motorhaube zu öffnen. Tatsächlich gelang es mir. Klaus Schneider dachte nicht daran, hineinzuschauen oder vielleicht Werkzeug zu holen. Als ich wieder aus dem Auto herauskrabbelte, stand er immer noch regungslos vor Julia. Julia vergaß zu atmen. Diese beiden Menschen nahmen ihre Umwelt nicht mehr wahr.

»Hallo! Hallooo! Hier ist der Patient, hätten Sie die Güte,

mein Auto wieder zum Laufen zu bringen?« Meine Geduld war erschöpft.

Wie hypnotisiert drehte Herr Schneider sich kurz von meiner Freundin weg, um mir freundlich zuzunicken. Er löste seinen Blick von Julia, nicht ohne ihr noch einmal ein Lächeln zu schenken. Zerstreut ging er zu seinem Wagen, klapperte in der Werkzeugkiste herum, um dann ohne Werkzeug zurückzukommen. Er kratzte seinen kahlen Kopf, den er hin und her bewegte.

»Tut mir leid, ich muss euch abschleppen. Der muss in die Werkstatt.«

Wenige Minuten später lenkte ich das Auto meiner Tante hinter dem Pannenfahrzug her, einen Fuß auf der Bremse, um ja nicht aufzufahren. Es ruckte einige Male, dann hatte ich den Bogen raus. Trotzdem lief mir der Schweiß von der Stirn. Meine beste Freundin hatte wie selbstverständlich in dem Fahrzeug mit Gelblicht Platz genommen. Königinmutter genoss die Fahrt. Überflüssigerweise drehte Klaus Schneider noch eine Ehrenrunde durch Westerland, um dann nur wenige Meter vom vorherigen Standort an der Werkstatt zu halten.

Froh, meine Aufgabe als Copilotin gemeistert zu haben, bugsierte ich mich aus meinem Cockpit heraus. Julia flirtete, was das Zeug hielt. Sie zeigte sich von einer erotischen Seite, die ich nur selten an ihr gesehen hatte. Ich fragte mich nicht zum ersten Mal, welch eine magische Versuchung auf der Insel herrschte. Die beiden Turteltauben bemerkten mich erst, als ich mich räuspernd zwischen sie zwängte. Julia wurde tatsächlich rot.

»Wie kommen wir nun nach List? Gibt es die Möglichkeit, einen Leihwagen zu bekommen?«, wollte ich ungeduldig wissen. Die beiden huschten auseinander wie Kinder, die gerade ein Geheimnis ausheckten.

»Sicherlich können Sie einen Wagen bekommen, aber ich kann Sie auch fahren. Dort wartet ein weiterer Havarist auf

Rettung. Die Rückbank ist etwas beengt, aber für die kurze Strecke wird es schon gehen.«

Die Frage, wer auf dem Rücksitz eingepfercht wurde, erübrigte sich. Ich gönnte Julia ihr Vergnügen, schließlich wartete in List meines bestimmt schon sehnsüchtig auf mich.

Hinten auf dem Notsitz bereute ich meine Einwilligung, auf einen Leihwagen zu verzichten, jedoch sehr bald. Meine Oberschenkel beschlossen mir einen höllischen Krampf zu bescheren. Nur mühsam kroch ich aus dem ansonsten recht großen Auto, als wir unser Ziel erreicht hatten. Schon von der Straße her vernahmen wir laute Stimmen aus dem geöffneten Küchenfenster. Schwarze Rauchschwaden suchten ihren Weg ins Freie. Elsas verzweifelte Rufe waren unschwer zu überhören.

»Sagtest du nicht, es duftete herrlich in Elsas Küche?« Julia grinste. »Sieht gerade eher nach einer Feuerwehrübung aus.«

»Jo, kann man nicht anders sagen«, spottete Klaus Schneider zusätzlich.

»Arme Elsa.« Meine Tante tat mir leid. Ich eilte ins Haus und überließ die beiden Turteltauben ihrem Schicksal. In der Küche traf ich auf eine völlig aufgelöste Elsa. Alle anderen schienen sich zu amüsieren. Ich verteilte großzügig tadelnde Blicke und nahm Elsa in den Arm. Schniefend ließ sie es geschehen.

»Ich habe Henrik das Haus gezeigt …«

»Genau, und im Schlafzimmer gab es besonders viel zu zeigen«, neckte Käthe sie. Elsa wurde unter ihrer Tränenflut rot und schlug mit der Hand ins Leere, als ob sie Käthe treffen wollte.

»So ein Unsinn«, verteidigte Elsa ihre Lage. »Ich hatte den Backofen hoch statt runter gestellt. Das ging rasend schnell.« Sie schniefte immer noch untröstlich. Henrik mischte sich ein und nahm Elsa liebevoll in den Arm.

»Komm, Schnecke, ich lade euch alle zum Essen ein und

die Küche machen wir morgen gemeinsam sauber.« Er lächelte sie aufmunternd an. »Was hältst du davon?« Elsa richtete sich auf und hob das Kinn.

»Es bleibt uns wohl nichts anders übrig.«

Nachdem Elsa ihre Tränen getrocknet hatte, grinste sie schon wieder verschmitzt in die Runde. Es wunderte niemanden, als Gunther vorschlug, zur *Nördlichsten Fischbude der Welt* zu gehen. Hocherfreut durfte er feststellen, dass alle begeistert waren.

Auch Piet war nun endlich zurück und gab mir zur Begrüßung einen Kuss.

»Hab dich vermisst, wo warst du so lange?«

Überglücklich ließ ich mich in seine Arme sinken. Dabei vergaß ich, Elsa zu berichten, wie ich zur Copilotin wurde. Auch Julia erwähnte mit keiner Silbe unsere Bekanntschaft mit einem Pannenfahrzeug und dessen Insassen. Niemand vermisste das kleine Auto.

Rüdiger

Der Abschied von Sylt fiel mir an diesem Abend besonders schwer. Weil Julia mich begleitete, war ich einigermaßen abgelenkt. Sie war erfüllt von ihrer Sylt-Reise und nahm viele Eindrücke mit nach Hause, die sie auf der Heimfahrt nicht nur einmal zum Besten gab.

»Hab ich dir schon erzählt, wie wundervoll Klaus ist?«

Ich lächelte geduldig. »Ja, Liebes, schon hundertmal. Du kannst es ruhig weiterhin auf Endlosschleife laufen lassen, ich kann nicht genug davon bekommen.«

Leider verstehen Verliebte in der Menopause keine Ironie, daher wiederholte Julia zu gerne, wie toll Klaus sei. Eingehüllt in Erinnerungen an ein traumhaftes Wochenende mit Piet, ließ ich Julias Ausführungen über mich ergehen. Ich freute mich für sie.

»Julia?«

»Ja?«

»Wie findest du Piet? Vorausgesetzt, du hast ihn überhaupt bemerkt.«

»Natürlich habe ich ihn bemerkt. Bin ja nicht blind. Babs, ich verstehe deine Zweifel nicht, er ist ein wunderbarer Mann. Selbstverständlich kann er Klaus nicht das Wasser reichen …«

»Danke, Julia, es bedeutet mir sehr viel, deine Meinung zu hören. Ich will nicht mehr zweifeln, nur noch das Leben genießen.« Ich lehnte mit dem Kopf an der Rückbank, dann drehte ich mich zu Julia. Mit glänzenden Augen lächelte sie mich an.

Julia gluckste. »Wir sind schon so liebesverrückte Omas.« Wir knufften uns und gackerten, bis wir in Hattstedt waren. Dann verfielen wir in Schweigen. Jede von uns war in Gedanken versunken.

Elsa hatte mir heute Abend ihr Haus angeboten, damit es in gute Hände gelangte, wenn sie bei Henrik einzog. Ich zweifelte sehr, ob ich dieses Angebot überhaupt annehmen durfte. Elsa hatte mir jedoch versichert, dass sie das Haus nicht verkaufen wolle. Sie wünschte sich einen Rückzugsort, falls es mit Henrik nicht funktionierte. Außerdem, erklärte sie, sei es doch mein zweites Zuhause – womit sie durchaus recht hatte.

Käthe überlegte ernsthaft, nach Nürnberg zu gehen. Ich konnte mir überhaupt nicht vorstellen, meine Mutter nicht mehr in meiner Nähe zu haben. Eine geliebte Nervensäge weniger? Mir kamen die Tränen, wenn ich daran dachte.

Piet hatte versucht, mich für ein Geschäftsprojekt zu gewinnen. Ich sollte für ihn die Rechtsabteilung übernehmen. Dies würde bedeuten, dass ich meine Anstellung bei Gericht kündigen müsste. »Wenn du die Nase voll hast von mir, kannst du immer noch Strandrichterin werden. Genug Übung hast du ja inzwischen«, hatte er gewitzelt. Das klang in meinen Ohren nach weit entfernter Zukunftsmusik. Ich wollte und konnte mich auf Diskussionen dieser Art noch lange nicht einlassen. Ich musste Peters Geschwindigkeit unsere Zukunft betreffend stark bremsen. Mir machten seine Schnellschuss-Aktionen nicht mehr so viel Angst, aber ich würde nicht so schnell mitschießen.

So viele Neuigkeiten an einem einzigen Wochenende. In nächster Zeit würde ich etliche schlaflose Nächte bewältigen müssen, um mir Klarheit zu verschaffen. Ich liebte meinen Beruf und konnte mir nicht vorstellen, ihn nicht mehr auszuüben. Aber Piet wollte nun doch wieder geschäftlich tätig werden. Die Liebe hatte ihn in neue Bahnen befördert. Ich stellte mir die Frage, ob ich dann mit ihm glücklich werden konnte. Der Reiz, einen Lebenskünstler zu lieben, war neu für mich. Wäre er dann immer noch der Mann, der mir den Boden unter den Füßen weggezogen hatte? Es blieb abzuwarten.

Julia schlief mit offenem Mund und schnarchte leise. Sie hatte seit ihrer Ankunft auf Sylt nicht viel geschlafen. Vorsichtig stupste ich sie an.

»Julia, wir müssen gleich aussteigen.« Ich zupfte leicht an ihrer Bluse.

»Darling, du machst mich fertig, mach es noch einmal.« Mit einem Lächeln schlief sie weiter. Kichernd rüttelte ich nun an ihr. Erschrocken riss sie die Augen auf.

»Musst du mich so erschrecken? Ich habe so schön geträumt.«

»Ach, das ist ja 'ne Überraschung«, lästerte ich. »Das habe ich gar nicht bemerkt.« Ich konnte mir ein Grinsen nicht verkneifen. »Wir müssen gleich aussteigen.«

Der Wochenstart nach dem ereignisreichen Wochenende verlief ruhig. Ralf machte einen großen Bogen um mich. Ihm war sein Verhalten immer noch peinlich. Geschah ihm recht. Ich versuchte mir vorzustellen, wie es sein würde, nicht mehr am Gericht zu arbeiten. Ich kam immer wieder zu dem Schluss, mit Peter eine Fernbeziehung führen zu müssen. Ich rechnete mir aus, wie viel Freizeit wir gemeinsam hätten. Inklusive Urlaub und Wochenenden kam einiges zusammen. Ob es uns genügen würde, müssten wir ausprobieren. Ich konnte mir jedenfalls nicht vorstellen, meine Arbeit hier aufzugeben.

Nach Dienstschluss ging ich die Räume zu Hause ab. Die Harmonie, die ich im Laufe der Jahre geschaffen hatte, wirkte nun doppelt. Dies war mein Zufluchtsort, meine Burg. Doch auch Piets Liebe wurde immer mehr zu einem Nest, in dem ich mich geborgen fühlte. Er gab mir die Sicherheit, von der ich lange geträumt hatte. Auch wenn ich mir vornahm, alles auf mich zukommen zu lassen, kreisten meine Gedanken immer um dieses eine Thema.

Gedankenverloren starrte ich aus dem Wohnzimmerfenster, als es plötzlich an der Tür klingelte. Ich wünschte mir, Peter stände draußen. Doch es war Rüdiger. Ich konnte mir durchaus Besseres vorstellen, als meinen wohlverdienten Feierabend mit Rüdiger Berger zu verbringen.

»Guten Abend, Frau Kleinschmidt, darf ich Sie kurz stören?« Er wirkte blass und nervös und reichte mir eine feuchtkalte Hand zur Begrüßung.

»Komm herein, Rüdiger, ich wollte gerade zu Abend essen. Du bist eingeladen, mir Gesellschaft zu leisten.«

Er folgte mir stumm in die Küche.

»Darf ich dir einen Tee anbieten? Er ist frisch zubereitet.« Ohne eine Antwort abzuwarten, angelte ich zwei Jumbotassen aus dem Küchenschrank.

»Wir duzen uns? Danke. Ist mir sehr recht.«

»Da bin ich aber froh.« Ich lächelte ihm zu. »Du bist mit meiner Freundin zusammen, da ist eine gewisse Vertrautheit irgendwann unerlässlich. Wie geht es Lena?«

Ein Leuchten huschte über sein Gesicht.

»Es geht allen sehr gut, soweit ich es beurteilen kann. Mutter bleibt noch eine Weile bei uns, um Lena die Umgewöhnung zu erleichtern. Ich bin sehr glücklich, sie bei mir zu haben. Mir ist jetzt erst bewusst geworden, wie sehr ich Lena vermisst habe. Ich dachte nur immer, für Lena wäre es die bessere Lösung. Ihre Mutter hat sie verlassen, als sie drei Jahre alt war. Nach einem Urlaub in Spanien, gemeinsam mit einer Freundin, zog sie es vor dortzubleiben und mir die Verantwortung für Lena zu übertragen. Wir haben nie wieder etwas von ihr gehört. Ich weiß noch nicht einmal, ob sie wieder in Deutschland lebt oder in Spanien sesshaft geworden ist. Ich bin daher doppelt froh, dass Saskia inzwischen sehr verliebt ist in die kleine Göre.« Rüdiger lächelte bei dem Gedanken an seine Frauen auf der Insel.

»Das freut mich sehr, Rüdiger. Ich wünsche euch viel Glück.

Dein Bruder Daniel wird die nächsten Jahre hinter Gittern verbringen müssen. Ich werde es nicht verhindern können, schon gar nicht wollen. Das muss euch klar sein. Sollte dies der Grund deines …«

»Nein, ist es nicht. Ich bin hier, um mich zu entschuldigen, weil ich fast eine Freundschaft zerstört hätte.« Verlegen fummelte er an seiner Jacke und sah beschämt zu Boden.

»Hätte? Was heißt das?«

»Saskia ist sehr traurig, sie vermisst dich. Leider traut sie sich nicht, es dir zu sagen und auf dich zuzugehen. Aus diesem Grund bin ich hier. Mein größter Wunsch ist es, euch wieder zu vereinen, damit ihr wieder wie früher miteinander umgehen könnt. Saskia hat mir viel von dir erzählt. Wir sind so glücklich mit Lena und darüber, dass wir endlich ein normales Leben führen können. Ohne dich wird es Saskia jedoch, glaube ich, nicht gelingen, den Schritt ins Ungewisse zu wagen.« Rüdiger sah mich flehend an.

»Rüdiger, du hast dich strafbar gemacht, indem du deinen Bruder gedeckt hast. Auch du wirst um eine Strafe nicht herumkommen. Es könnte sein, dass deine Haft angerechnet wird. Aber eine Vorstrafe wird immer bleiben. Kommt Saskia damit klar?« Ich forschte nach Zeichen in seinem Gesicht. Er wirkte sehr ruhig und gefasst.

»Wir haben uns lange über dieses Problem unterhalten. Saskia ist über alles informiert. Nächtelang haben wir nach Lösungen gesucht. Mir war es sehr wichtig, dass es keine erneuten Enthüllungen geben würde. Diese wunderbare Frau liebt mich, so idiotisch es klingt. Sasi ist ein Glücksgriff für mich und meine Familie. Genau wie du, Barbara. Wärst du nicht zu meiner Mutter gefahren, würden wir immer noch im Gefängnis unsere Schuldgefühle stecken. Wir sind sehr dankbar über diese glückliche Fügung. Es tut uns dennoch leid, dass du so vieles abbekommen hast. Sasi weiß übrigens nichts von meinem Besuch bei dir.«

Ich begann, Rüdiger mit anderen Augen zu sehen. Dass er sich der Situation stellen würde, hätte ich ihm nicht zugetraut.

Er sah mich direkt an, ohne meinem Blick auszuweichen. Es schien ihm sehr wichtig zu sein, Saskia glücklich zu machen. Er wollte ihr ein sorgenfreies Leben ermöglichen und sämtliche Lasten aus seiner schweren Vergangenheit beiseite schaffen.

Silvia Bergers Entscheidung, Lena zu ihrem Vater zu bringen, war ein schlauer Zug gewesen. Auch, wenn es ihr schwergefallen war. Rüdiger hatte dadurch den Blick fürs Wesentliche zurückgewonnen und plötzlich den Mut gefunden, für seine kleine Familie einzustehen.

»Ich fahre demnächst wieder nach Sylt, dann werde ich mich mit Sasi verabreden. Hoffentlich gibt es bis dahin keine weiteren Probleme. Ich möchte dieses Thema gerne positiv abschließen.« Ich blieb sachlich. Emotionen wollte ich so schnell nicht wieder ins Spiel bringen. Die Freude über eine Versöhnung sparte ich mir für den Zeitpunkt auf, an dem wirklich alles geklärt sein würde.

Rüdiger zeigte sich zurückhaltend. »Bist du sicher? Saskia könnte einen erneuten Streit zwischen euch nicht verkraften.«

»Ich auch nicht«, erwiderte ich trocken. Ich erhob mich von meinem Platz und hoffte, er würde verstehen, dass unser Gespräch beendet war.

»Danke, Babs, ich will dich nicht länger stören.« Er stand nun vor mir, sah mich noch einmal flehend an und verabschiedete sich.

»Danke, Rüdiger, für deinen Besuch. Ich wünsche mir ebenfalls, mit Saskia wieder eine unbeschwerte Freundschaft zu führen. Ich vermisse sie sehr. Bestell ihr liebe Grüße von mir.«

Erleichtert ergriff Rüdiger meine Hand und hielt sie einen Moment fest. Erstaunlicherweise war es nicht unangenehm. An der Tür lächelte er mich an und ging zum wartenden Taxi.

Ich sah ihm nach, bis die Schlusslichter nicht mehr zu erkennen waren.

Ich wollte gerade die Tür schließen, als eine vertraute Stimme meinen Namen rief.

»Peter«, hauchte ich ergriffen. »Wo kommt du denn her? Bist du vom Himmel gefallen?«

Er küsste mich leidenschaftlich. Mein Körper gehörte mir nicht mehr. Ja, er war vom Himmel gefallen. Ein Engel der Liebe. Nur für mich.

»Ohne dich ist alles doof«, flüsterte er in mein Ohr. Heiße Küsse wanderten in mein Dekolletee hinab. Meine Beine gaben nach. Ein wunderbares Gefühl, zu erfahren, dass seine starken Arme mich nicht sinken ließen, sondern liebevoll aufrichteten. Peters unverschämt schöne Augen betrachteten mich verliebt. Ja, er gehörte mir. Wir glitten gemeinsam in das Sehnsuchtsland der Liebe.

Später fanden wir uns auf dem Teppich im Flur wieder. Zum Glück hatte ich damals auf einen Flauschteppich bestanden. So wurden wir umhüllt von weichen Teppichfransen und einigen Sandkörnern, die auf unerklärliche Weise ihren Weg auf den Teppich gefunden hatten. In meiner sonst immer sauberen Wohnung fanden wir ein Stückchen Strand.

Wir lösten uns aus der Umarmung, um ins weitaus bequemere Schlafzimmer umzuziehen. Dort kuschelten wir uns ein und verbrachten den Rest der Nacht gemeinsam, leidenschaftlich.

»Musst du morgen arbeiten?«

Eine ziemlich überflüssige Frage, wie wir lachend feststellten. Ich nickte jedoch, bevor ich in einen traumlosen Schlaf fiel.

Inselglück

»Du bist verrückt, Babs, du willst wirklich deinen Job bei Gericht aufgeben? Hast du dir das auch gut überlegt?« Julia sah mich besorgt an.

»Julia, ich bin mir inzwischen ganz sicher. Außerdem habe ich mich zusätzlich für ein Jahr beurlauben lassen. Noch mehr Absicherung gibt es nicht. Irgendwann muss ich eine Entscheidung treffen. Für mein Haus werde ich einen guten Mieter suchen.«

Julias Augen weiteten sich. Aufgeregt rutschte sie auf ihrem Stuhl hin und her.

»Babs«, rief sie, »Klaus hat ein Angebot erhalten, in Husum beim Service zu arbeiten. Er möchte wieder aufs Festland. Meine Wohnung ist für zwei zu klein.« Sie blickte mich abwartend an.

Schmunzelnd ließ ich sie noch eine Weile zappeln, bis ich schließlich nachgab. »Du kannst mein Haus gerne mieten, ich mache dir auch einen Freundschaftspreis«, erlöste ich sie aus der Spannung. Julia begann in der Küche zu tanzen, holte mich dazu und sang scheußlich. Laut lachend lagen wir uns in den Armen.

»Eine gute Entscheidung von dir, nach Sylt zu gehen«, jubelte sie nun völlig uneigennützig. »Wann geht es los?«

»Im neuen Jahr. Dann bin ich freigestellt und werde in der Firma Brand die Rechtsabteilung übernehmen.«

Piet hatte zur Freude seines Onkels doch keine eigene

Firma gegründet, sondern Henriks Architekturbüro übernommen. Die nächsten Jahre würde dies unser Dreh- und Angelpunkt werden. Gute Aufträge hatte er an Land gezogen. Trotzdem waren genügend Auszeiten für uns eingeplant. Ich war gespannt, wie wir das umsetzen würden. Piet war zuversichtlich. Ich hatte noch meine Zweifel, ob eine so große Firma uns die Zeit ließ, wir selbst zu bleiben und auch unsere verrückten Seiten auszuleben. Wir hatten auf jeden Fall den Vorsatz, uns unsere glückliche Zeit zu bewahren.

»Will Käthe wirklich nach Nürnberg ziehen?«

»Wir haben lange darüber geredet. Nach langem Hin und Her kam sie doch zu dem Schluss, in Husum zu bleiben. Gunther gefällt es in Husum so gut, dass auch er Anfang nächsten Jahres einen Neuanfang wagen will. Einzige Bedingung war, dass sie zweimal im Jahr nach Nürnberg fahren, um das Grab seiner Frau zu besuchen.«

»Ein romantischer Kerl, der Gunther. Solche Männer muss man sich warmhalten.« Julia blickte verträumt aus dem Fenster.

Ich war optimistisch und glaubte fest daran, dass sie mit Klaus das große Los gezogen hatte. Wenn ich darüber nachdachte, wie wir alle ein neues Leben begannen, wurde mir warm ums Herz. Das Schicksal hielt jederzeit eine Überraschung bereit. Ich sollte ein Buch darüber schreiben. Denn ich hatte es selbst erlebt: Träume wurden wahr. Man musste nur ganz fest daran glauben.

»Muddi hat sich sehr verändert, zum Positiven. Man könnte glauben, sie sei einem Jungbrunnen entstiegen.«

»Na ja, Piet hat auch bei dir viel bewirkt. Du bist aufgeblüht wie eine Königin der Nacht«, neckte Julia mich.

Wir sahen uns lange schweigend an. Kichernd wie Kinder schlossen wir uns dann in die Arme. Es tat so gut, Freundinnen zu haben.

Elsa und Henrik waren die Einzigen, die ihre Liebe zum

Traualtar tragen wollten. Eine Verbindung vor Gott eingehen, so war es ihr Wunsch gewesen. Meinen Vorschlag, bis zum Sommer zu warten, weil das Wetter besser sein würde, ließen sie nicht gelten. Die Verlobung unter dem Weihnachtsbaum und eine romantische Trauung noch vor Neujahr sollte ihre Liebe krönen.

Einen Tag vor Heiligabend saß ich im Zug zur Insel. Ich freute mich auf das Fest der Liebe. Nie war es so wörtlich zu nehmen gewesen.

Elsa war mit ihrem Hausstand zu Henrik gezogen. Bis zu meinem endgültigen Umzug nach Sylt stand ihr Haus fast leer. Ich würde es mit Peter beziehen. Er nannte es unser »Liebesnest«. Schmetterlinge flatterten in meinem Bauch, wenn er mir diese Worte ins Ohr flüsterte. Auch nach Monaten hatte sich an meinem aufgewühlten Zustand nichts geändert.

Ganz unbeschwert konnte ich mich jedoch nicht auf das Fest freuen. Wehmütig dachte ich an die Weihnachtsfeste, die ich mit meinen Kindern verbracht hatte. Sie hatten den Wunsch geäußert, in Hamburg zu bleiben, um Weihnachten mit ihren Freunden zu feiern. Ich gönnte es ihnen von Herzen, dennoch vermisste ich sie jetzt schon schmerzlich.

Der Weihnachtsstress machte auch vor dem Westerländer Bahnhof nicht halt. Menschentrauben schoben sich über den Bahnsteig. Kaum möglich, jemanden zu finden, wenn nicht ein liebgewonnenes Gesicht plötzlich vor einem steht. Peter.

»Schön, dich endlich wiederzuhaben, meine Traumfrau.« Lärm und Hektik erloschen, nur Peter war da. Er trug mich in eine Welt, von der ich immer noch glaubte, sie nie erreichen zu können. Doch sie war da, diese phantastische Welt.

»Komm, wir werden erwartet.« Er nahm meinen Arm und führte mich sicher durch das Gedränge.

»Es ist traumhaft, wieder zu Hause zu sein.« Ich blinzelte ihn an. »Ich hoffe nur, dein Auto lässt uns nicht im Stich«, lachte ich vergnügt.

»Keine Sorge, da kann nichts schiefgehen«, versicherte er mir grinsend. »Ich habe ein neues Hobby, du wirst staunen.«

Ich sah mich nach seinem Auto um, konnte es jedoch nicht ausmachen. Ein Pferdegespann stand mitten auf der Straße.

»Darf ich bitten, der Kutscher kennt den Weg.« Ein breites Grinsen erhellte Piets Gesicht.

»Das ist nicht dein Ernst!« Lachend ging ich um das Gefährt herum. »Das sind deine?«

Er verbeugte sich vor mir und machte eine einladende Geste.

»Ich brauchte mal wieder etwas Verrücktes. Da fiel mir ein, dass ich noch einen Kutschschein besitze. Diese Prachtkerle hören auf die Namen Stan und Olli. Sie werden die große Ehre haben, unser Brautpaar zur Kirche zu bringen. Warme Decken habe ich schon organisiert.«

»Du bist ja … Mir fehlen die Worte.« Lachend kletterte ich auf den Kutschbock. Peter folgte mir mit einem zufriedenen Grinsen. Gekonnt brachte er Stan und Olli in Bewegung. Auch wenn ich den Eindruck hatte, diese beiden treuen Pferde machten ihre Arbeit von ganz allein.

Im Schritttempo fuhren wir durch die weihnachtlichen Straßen zu Henrik, wo die Familie auf uns wartete. Ich kuschelte mich in die Decke und an Peter. Ich hätte nicht glücklicher sein können.

Henriks Haus, in dem nun auch meine Tante lebte, war ein ehemaliger Bauernhof. Einen Torbogen passierend, fuhren wir die Auffahrt hinauf, umrahmt von leuchtenden Lichtern, die auch den letzten Zweiflern verkündeten: Es ist Weihnachten. Die Kutsche stand noch nicht ganz, da wurde die Haustür aufgerissen. Muddi erschien mit Wunderkerzen in jeder Hand, um uns zu begrüßen. Aufgeregt kam sie mir entgegen.

»Kindchen, na endlich …« Käthe hinterließ ihren roten Lippenstift auf meinem Gesicht, als sie mich begrüßte. Die Farbe bildete ein interessantes Muster auf meiner Wange.

Grinsend versuchte Piet, es mit einem Taschentuch wegzuwischen.

»Es gibt Gänsebraten. Elsa steht schon den ganzen Tag in der Küche und befördert mal wieder jeden hinaus, der ihr zur Hand gehen will. Ich komme mir ein wenig unnütz vor. Selbst Gunther ist mit Vorbereitungen beschäftigt, von denen ich nichts wissen darf.« Sie machte einen Schmollmund, wie ihn nur Käthe hinbekam. Lachend warf ich den Kopf in den Nacken.

»Morgen ist doch erst Heiligabend. Warum gibt es heute schon Gänsebraten?«

»Ach, was weiß ich, sie bereitet alles vor. Keine Ahnung, was sie alles in den Vogel schiebt. Das arme Tier hätte sich bestimmt nicht träumen lassen, einmal so gestopft zu werden. Am Ende näht Elsa auch noch die Füllung fest ein. Der Vogel kann sich ja nicht mehr wehren.«

»Da möchte ich dich mal sehen, wenn das Tier anfängt zu zappeln, dann wärst du bestimmt nicht mehr zu sehen.«

Während wir sprachen, eilte Elsa auf uns zu. Ihr war anzusehen, wie wenig Zeit sie für die Begrüßung hatte. Sie roch mal wieder zum Anbeißen. Ich folgte ihr unaufgefordert in die Küche. Zum Erstaunen aller anderen schickte sie mich nicht hinaus. Die Küche wäre groß genug für alle gewesen. Ein großes Kochfeld befand sich im Mittelpunkt. Die pfiffige Stubentigerin Tinka schlummerte unter der Ofenbank. Ich setzte mich in die Essecke, um Elsa nicht ins Gehege zu kommen.

»Du siehst gut aus, Elsa. Bist du glücklich?«

Ihre leuchtenden Augen beantworteten meine Frage. »Babs, richtig rund wird die Sache noch, wenn du in dein Haus einziehst. Es wirkt so verlassen ohne Möbel.«

»Ich freue mich sehr darauf, Elsa. Wir können es nicht mehr abwarten, jeden Tag zusammen aufzuwachen und den Tag zu begrüßen. Sag mal, wo steckt Bodo eigentlich?«

»Der ist mit Henry unterwegs, die beiden machen den Strand unsicher. Wir überlegen, uns noch einen zweiten Hund anzuschaffen. Wir sind uns jedoch nicht einig, welche Rasse es sein soll.« Elsa hantierte weiterhin mit Töpfen und Geschirr.

Käthe traute sich in die Küche. Großzügig gewährte Elsa ihr den Zutritt.

»Ich bin so einsam«, jammerte Muddi und setzte sich schnell zu mir. »Piet versorgt die Pferde. Ich soll dir ausrichten … Ja, was war es doch gleich? Ich habe es vergessen. War sicher nicht so wichtig.«

Ich verdrehte die Augen. Die Liebe hatte meiner Mutter im wahrsten Sinne des Wortes das Hirn vernebelt.

Da Peter noch mit Stan und Olli beschäftigt war, beschloss ich, einen Abstecher zu Saskia und Rüdiger zu unternehmen.

Saskia und ich waren zum Glück wieder versöhnt. Lena hatte sich gut eingelebt auf der Insel. Schwer für alle waren die Gerichtsverhandlungen gewesen. Daniel musste endlich für seine Taten büßen. Er wurde für zehn Jahre ins Gefängnis geschickt. Ein Strafmaß, welches ich so nicht erwartet hatte. Ich empfand es jedoch als gerecht. Somit konnte bei Familie Berger Ruhe einkehren. Im Gefängnis war Daniel schon jetzt einige Male unangenehm aufgefallen. Er würde nicht mit einer Strafminderung rechnen können.

Saskia ging voll und ganz auf in der Rolle als Stiefmutter, und Melanie war ihr eine liebevolle Hilfe dabei. Die beiden hatten sich wieder vertragen. Rüdiger hatte eine Anstellung bei einem Ingenieursbüro auf dem Festland angetreten. Zwar musste er pendeln zwischen Sylt und Niebüll, konnte aber endlich seinem Beruf nachgehen. Saskia und ich hatten immer wieder Zeit, miteinander zu plaudern, vor allem aber auch zum Lachen. Eine Zeit, die wir beide nicht mehr missen wollten.

Ich zog meine warme Winterjacke an und lief zu Piet in

den Stall. Dort fand ich ihn gedankenverloren vor der Pferdebox. Abwechselnd streichelte er die beiden Tiere. Ich trat von hinten an ihn heran, um meinen Liebsten zu umarmen. Vertraut drückte ich meine Nase in seine Jacke. Ich blieb einfach so stehen und spürte die Nähe dieses wunderbaren Mannes.

»Hallo, meine Sonne.« Er küsste mich auf die Stirn.

»Geht es dir gut, Piet?«

»Du bist bei mir, warum sollte es mir schlecht gehen?« Lachend wirbelte er mich herum. Logisch, dass wir im Heu landeten. Unter den wachsamen Augen von Stan und Olli zauberten wir uns in die Unendlichkeit. Saskia verschob ich auf den Vormittag des Heiligen Abends. Sie hatte sowieso nichts von meinen Plänen gewusst, ihr einen Besuch abzustatten.

Am Morgen des 24. Dezembers hallten Elsas Schreie durch das Haus. Ich war gerade aufgestanden. In meinen Bademantel gehüllt, eilte ich in die Küche, denn von dort schienen die Notrufe gekommen zu sein. Ich war nicht die Einzige, die, von den verzweifelten Rufen alarmiert, nur halb bekleidet in der Küche auftauchte. Henrik trug Boxershorts, Käthe erschien mit Lockenwicklern, Gunther im Schlafanzug und Peter mit Heuresten im Haar. Alle waren erschrocken und hatten sich auf eine schlimme Situation eingestellt.

Elsa stand in der Küche, eine Haarsträhne im Gesicht, den Tränen nahe.

»Die Gans passt nicht in den Ofen!« Um es zu demonstrieren, schob sie kräftig an dem Vogel. Beim Versuch, ihn herauszuholen, blieb er am Gitter des Backofens hängen. Die fachlich einwandfreie Naht platzte zu allem Überfluss auf und die Füllung ergoss sich träge auf die Backofentür.

»Weihnachten könnt ihr vergessen«, jammerte meine Lieblingstante. »Ich will dieses Kunstwerk nicht kaputt auf den Tisch stellen.«

Ein Bild des Grauens am frühen Morgen. Uns allen schossen die Tränen in die Augen, weil jeder versuchte, einen Lachkrampf zu unterdrücken. Leider vergeblich. Ich hielt mich am Türrahmen fest, mein Bauch schmerzte. Dem Rest der Familie erging es nicht besser. Elsa schob die Füllung zurück in die Gans und schimpfte dabei wie ein Rohrspatz.

Henrik ging nun zur Rettung über. Er schob uns zur Seite, nahm Elsa kurz, aber liebevoll in den Arm und holte eine große Geflügelschere aus der Besteckschublade. Bedächtig beugte er seinen Körper über den Backofen.

»Henry! Bitte nicht!« Elsa hob die Hände vor ihre Augen.

Der Gänseretter schnitt mit einem Ruck die Beine der gequälten Kreatur ab, legte sie auf das Backblech und schob alles in den Ofen.

»Wie viel Grad soll ich einstellen, Elsa?«

»Hundertachtzig«, schniefte mein Tantchen in ihr Taschentuch, nicht ohne ihren Retter verlegen anzuhimmeln.

»In einer halben Stunde ist Frühstück, dann wird ein Schlachtplan erstellt, damit jeder ein stressfreies Weihnachten hat«, ordnete Henrik an.

Elsa öffnete den Mund, um ihren Protest kundzutun.

»Basta!«, sagte er sanft. Leise kichernd verließen wir die Küche. Ich ging noch einmal zurück und gab Elsa einen Kuss.

»Er hat recht, Elsa.«

Ein leichtes Nicken bekam ich zur Antwort. Erleichtert machte ich mich auf den Weg in mein Zimmer.

Als ich durch die große Diele kam, blieb ich abrupt stehen. Ein vertrauter Duft verwirrte meine Nase. Langsam ging ich einige Meter zurück. Meine Geruchsnerven leisteten Schwerstarbeit. Mein Herz schlug schneller, meine Nase hatte mich noch nie getäuscht. Ich blieb stehen, schnüffelte mich zur Tür meiner Wahl. Tief einatmend steckte ich meine Nase in die Ritze des Türrahmens. Also doch. Meine Hand lag schon auf der Türklinke. Entschlossen betätigte ich sie und trat ein.

Mein Sohn! Er starrte mich an, suchte nach einem, nun sinnlos gewordenen, Fluchtweg.

»Mama, ich wollte dich doch heute Abend überraschen.« Mit hängenden Armen und in Unterhose stand er mitten im Zimmer.

»Mein Lieber, dein Aftershave würde ich auch zwischen Katzendreck erkennen.« Glücklich lachend zog ich ihn an meine Brust. »Chris, die Überraschung ist auch so geglückt. Ich freue mich so sehr. Ist Bella auch hier? Lüg mich nicht an!« Gespielt böse drohte ich mit dem Zeigefinger. Nervös zupfte Chris an seiner Unterhose. Woran auch sonst, er hatte ja nichts weiter an.

Bella erlöste ihren Bruder, indem sie aus dem Bad erschien.

»Ja, Mama, ich bin auch hier.« Mein Engel kam auf mich zu, um mir in die Arme zu fallen.

»Chris, ich hab doch gesagt, diesel dich erst später ein. Mama findet dich sonst noch. Ich kenn doch ihren Riechkolben.« Vorwurfsvoll blickte sie ihren Bruder an.

»Kinder, nun zankt euch nicht, ich hätte sonst unter dem Weihnachtbaum gesessen und geheult.« Zur Bestätigung suchten Tränen ihren Weg über meine Wangen. Übermütig gab ich Chris einen Klaps auf seinen Hintern.

»Beeilt euch, gleich ist Frühstück angesagt.« Ich ging auf den Flur hinaus und lächelte vor Glück. Dabei stieß ich mit Peter zusammen.

»Oh, wie ich sehe, hatte Bella recht damit, dass du den Braten riechen würdest.«

Es wunderte mich nicht, dass Peter von dem Geheimnis wusste. Er sah mir tief in die Augen, sein Atem streifte meine Haut.

»Babs, mein Liebling, ich habe deine Kinder schon gefragt. Wenn du geschieden bist –« Er kniete vor mir nieder. »Willst du mich dann heiraten?«

Dieser wunderbare Kerl brachte mich nun endgültig zum Weinen. Ich hatte in den letzten Monaten so viel Glück erfahren dürfen. Mit tränenerstickter Stimme bat ich ihn trotzdem, ob er seine Frage noch ein wenig zurückstellen könnte. Ich wollte, dass Elsa und Henrik ihren Tag ganz für sich hatten. Nur die beiden sollten am Fest der Liebe im Mittelpunkt stehen.

»Wie lange soll ich damit warten? Ich möchte dir nicht die Chance geben, mir erneut einen Korb zu erteilen.« Lachend gab ich ihm einen Kuss.

»Ich gebe dir keine Abfuhr, mein Held, ich habe lediglich um einen Aufschub gebeten.« Bella und Chris hatten unsere Stimmen gehört und steckten nun neugierig ihre Köpfe zur Tür hinaus. Bei unserem verliebten Anblick zogen sie sich sofort grinsend zurück.

»Siehst du, ich muss Rücksicht auf meine Kinder nehmen«, scherzte ich ausgelassen.

»Ein unschlagbares Argument«, ging er amüsiert auf meine Bedenken ein. Arm in Arm gingen wir in die Küche zum Frühstücken. Henrik war gerade dabei, den Tisch zu decken. Ich ging ihm zur Hand. Henry trug Jeans und dazu ein dunkelblaues Hemd. Seine graue Kurzhaarfrisur hatte einen neuen Schliff erhalten. Er war für den Anlass des Heiligen Abends bestens vorbereitet. Dennoch wirkte der sonst so souveräne Mann nervös.

»Wo ist Elsa?«, wollte ich von ihm wissen.

»Sie macht sich ein wenig frisch. Die Aufregung mit der Gans hat sie ins Schwitzen gebracht.« Er grinste mich verlegen an. »Es ist für uns alle ein ereignisreiches Weihnachtsfest. Ich hoffe, die Aufregung legt sich bald.«

»Dann wäre es doch nichts Besonderes mehr – es soll doch unvergessen für euch werden. Und ich finde, da gehören Pannen dazu.« Aufmunternd lächelte ich Henry an. »Geht es dir gut, Henry?«

Ohne mich anzusehen, beförderte er den Käse und die gekochten Eier auf den Tisch. Sicher würde Elsa noch Änderungen vornehmen, da der Tisch nicht ihren Vorstellungen entsprechend liebevoll genug gedeckt wurde. Um dem entgegenzuwirken, nahm ich den Käse und legte ihn auf die schon vorbereiteten Teller.

»Oh, ist das nicht in Ordnung?« Verständnislos beobachtete Henrik mein Tun.

»Für mich schon, aber wir wollten Elsa doch entlasten, also müssen wir ausnahmsweise ihren Blickwinkel zu unserem machen.« Ich blinzelte Henry verschwörerisch an. Er nickte. Meine Frage um sein Befinden blieb unbeantwortet.

»Abgemacht.«

Peter hatte in der Zwischenzeit die Brötchen vom Bäcker geholt. Käthe und Gunther ließen sich noch nicht blicken. Bella und Chris freuten sich, dass sie nun enttarnt waren und nicht auf dem Zimmer versteckt bleiben mussten. Sie wurden vom Kaffee- und Brötchenduft in die Küche gelockt. Ich herzte meine beiden freudig.

»Setzt euch doch schon hin, wir sind gleich fertig.«

Elsa kam herausgeputzt in die Küche und beobachtete mit feuchten Augen das Treiben in ihrem Reich.

»Schön sieht das aus, Henry, das hast du gut gemacht.«

»Nun, das ist nicht alleine mein Werk. Barbara hat dafür gesorgt, dass es nicht wie ein Junggesellenfrühstück aussieht.« Er lächelte Elsa liebevoll an.

»Bella, schau doch bitte mal, wo Omi und Gunther bleiben.« Henry wurde ungeduldig.

»Da sind wir schon«, trällerte Muddi in die Menge.

Elsa lachte. »Dann können wir ja endlich beginnen, ich habe einen Bärenhunger.«

Verlobung mit Pannen

Nach einem ausgiebigen Frühstück erstellten wir den weiteren Schlachtplan für die Vorbereitung eines schönen Weihnachtsfestes und der Verlobung meiner Tante mit Henrik unter dem Weihnachtsbaum. Danach verstreuten wir uns in verschiedene Richtungen. Jeder hatte eine Pflicht zu erfüllen, um einen reibungslosen Ablauf zu garantieren.

Ich schälte die Kartoffeln und deckte den Esstisch im Speisezimmer. Die Einrichtung war beeindruckend. Silbergraue Tapeten schmückten die Wände. Kerzenleuchter ließen den Raum in warmem Licht erstrahlen. Die lange Tafel erstreckte sich über das ganze Zimmer und vornehme bequeme Stühle luden zum Verweilen ein. Nicht nur im Wohnzimmer, auch hier im Speiseraum hatte Henrik einen großen Christbaum aufgestellt. Traumhaft schön war er schmückt. Darunter lag ein in rotem Seidenpapier verpacktes Kästchen. Ich vermutete, dass Henrik die Verlobung beim Essen verkünden würde. Mir schossen Tränen der Rührung in die Augen. Elsa sollte glücklich werden, sie hatte es am meisten verdient.

Innerlich schimpfte ich mit mir. Ich war tatsächlich zu einer Heulsuse geworden. Hoffentlich wurde das nicht noch schlimmer.

Einigermaßen zufrieden betrachtete ich mein Werk. In der Mitte der Tafel hatte ich einen silbernen Kerzenleuchter platziert. Wertvolle Weingläser funkelten auf Hochglanz poliert mit dem Besteck um die Wette. Einer prunkvollen

Verlobung stand nun nichts mehr im Wege. Käthe kam hereingeschlüpft.

»Kindchen, hier steckst du! Ich suche dich schon überall. Du musst mir helfen.«

»Was gibt es denn so eiliges, Muddi? Bekommst du deinen BH nicht zu?« Ich lachte ihr entgegen.

»Unsinn, da würde mir Gunther …« Schlagartig errötete sie. Gespielt überrascht blickte ich Käthe an.

»Ach du, mach doch nicht immer solche Späße mit mir. Nein, ich müsste noch mal nach Westerland, um für Gunther ein Geschenk zu besorgen. Ich möchte nicht mit leeren Händen dastehen.« Genervt rollte ich mit den Augen. Ich verabscheute dieses Getümmel in den Geschäften am Heiligabend.

»Muss das unbedingt noch sein, Muddi? Warum hast du dich nicht früher darum gekümmert? Als Rentnerin hast du doch jede Menge Zeit.«

»Ich weiß, aber ich habe es bei der Aufregung um die Verlobung und die anschließende Hochzeit völlig verpennt. Bitte, Babs, ich traue mir nicht zu, mit dem Auto zu fahren.«

Grinsend dachte ich an den armen Mann an der Bordsteinkante, dessen Anzug durch Käthes Fahrweise ruiniert worden war. Ich seufzte und hatte ein Einsehen mit meiner Mutter.

»Dann aber los, beeil dich. Peter hat noch eine Überraschung für uns alle geplant. Das möchte ich nicht verpassen.«

Ich warf noch schnell einen Blick auf den gedeckten Tisch und scheuchte meine Mutter hinaus. Ich zog meinen Mantel an, ohne mich umzuziehen. Verzweifelt dachte ich an Saskia, schließlich wollte ich sie noch besuchen, um ihr und ihrer Familie ein frohes Fest zu wünschen.

Käthe wartete am Hauseingang auf mich. Sie hatte meine Eile ernst genommen und stand mit schief zugeknöpftem Mantel da. Sie wirkte noch zerbrechlicher als sonst. Ich nahm sie in den Arm und gab ihr einen Kuss. Mit flinken Fingern löste ich die Knöpfe und brachte sie in die richtige Reihenfolge.

»Danke, Babs«, flüsterte sie.

»Schon gut, Muddi, wir schaffen das schon.« Versöhnt hakte ich sie ein und führte sie zum Auto.

Es schneite schon seit dem Vorabend und Sylt gab sich winterlich in Watte verpackt. Unser spontanes Vorhaben wurde dadurch nicht leichter. Parklücken waren von dem Schneepflug zugeschoben. Die ohnehin schwierige Parkplatzsuche wurde noch abenteuerlicher, als sie sonst schon gewesen wäre.

»Du weißt hoffentlich, was du kaufen möchtest?«

»Ja, ja, ich habe einen Plan. Keine Sorge, Kindchen.«

»Gut«, bestimmte ich knapp. »Ich lass dich hier aussteigen und fahre kurz zu Saskia. Wenn du fertig bist, hole ich dich hier wieder ab. Ich finde beim besten Willen keine Lücke, um das Auto abzustellen.« Käthe blicke mich etwas vorwurfsvoll an, stieg aber trotzdem ohne weiteren Protest aus.

Zwei Fliegen mit einer Klappe. Ich war zufrieden. Ich lenkte das Auto durch den dichten Verkehr und kam vor Saskias Haus zum Stehen. Freudig stieg ich aus. Lena hatte mich schon gesehen und öffnete strahlend die Tür.

»Hallo Kleines, schön, dich zu sehen. Bist du schon aufgeregt? Der Weihnachtsmann belädt schon seinen Schlitten.«

Lena kicherte verhalten. »Unsinn, Babsi, Papa und Sasi haben alles besorgt. Der Weihnachtmann ist nur was für Babys.«

Ich lächelte und gab ihr einen Kuss. »Stimmt, entschuldige. Du bist ja schon ein großes Mädchen.«

»Babs! Wie schön, komm doch herein. Ich freue mich, dass du da bist.«

Saskia war herbeigeeilt. Überschwänglich nahm sie mich in die Arme. Wir gingen durch den kleinen Flur ins Wohnzimmer. Die entspannte Atmosphäre in diesem Haus tat mir gut. Nichts schien hier auf weihnachtlichen Stress hinzuweisen. Rüdigers Mutter saß in der Sofaecke und strickte Socken. Als sie mich erblickte, sprang sie auf.

»Barbara, ich freue mich, dass du uns besuchen kommst. Möchtest du einen Kaffee?« Sie strahlte mich an. Wir waren irgendwann dazu übergegen, uns zu duzen. Silvia hatte sich sehr verändert. Ihre Augen leuchteten, die Gesichtsfarbe wirkte stets rosig und ihre Lippen boten ihrem Gegenüber ein liebevolles Lächeln. Die schlanke Frau hatte ihren inneren Frieden gefunden.

»Nein, danke, ich habe meine Mutter in der Einkaufsstraße abgesetzt und sie wird bald mit ihren Besorgungen fertig sein. Ich wollte euch nur ein schönes Fest wünschen und euch alle mal richtig knuddeln, bevor ich mich wieder meiner Chaosfamilie widme.«

»So schlimm?«, fragte Silvia besorgt. Ich musste lachen.

»Na ja, irgendetwas ist immer. Aber wir lachen dann herzlich über unsere Pannen.« Ich berichtete, wie es unserer Gans unter Elsas Obhut ergangen war, und dass meine Kinder mich überrascht hatten.

Saskia bog sich vor Lachen. »Mensch, Babsi, ich krieg mich nicht mehr ein. Die arme Elsa. Sie muss viel durchmachen, bevor sie unter die Haube kommt.«

»Wo ist Rüdiger?«, erkundigte ich mich.

»Er ist auch noch schnell los, um die letzten Einkäufe zu tätigen. Ich habe dazu absolut keine Lust, jetzt noch Panikkäufe zu machen.« Da ging es ihr genau wie mir. Mein Handy störte die muntere Unterhaltung. Es war Käthe.

»Babs«, kam ihr Stimmchen jämmerlich durch die Leitung. »Wo bist du? Mir ist kalt und die Menschen hier sind alle durchgeknallt. Hol mich bitte sofort ab.«

Das hörte sich sehr verzweifelt an. Trotzdem musste ich grinsen. Käthe, die kleine Shoppingmaus, war mit den Nerven fix und fertig.

»Bin schon unterwegs. Warte dort, wo ich dich rausgelassen habe.«

»Gelassen? Geworfen trifft es wohl eher.« Ihren vorwurfsvollen Unterton unterbrach ich, indem ich das kleine rote Telefon auf meinem Handy betätigte.

»Ich muss wieder … Käthe hat einen Notruf gesendet. Aber wollt ihr nicht morgen alle zum Abendessen kommen? Wir würden uns sehr freuen.«

»Das machen wir«, trällerte Lena dazwischen. Saskia lächelte ihr nickend zu.

So schnell wie es die Straßenverhältnisse zuließen, düste ich in Richtung Innenstadt. Käthe hatte sich sehr unglücklich angehört. Ich musste sie aus der Einkaufshölle befreien, auch wenn ich der Meinung war, dass sie selbst für ihre Lage verantwortlich war. An der Fußgängerzone drosselte ich die Geschwindigkeit und hielt Ausschau nach Muddi. Ich erkannte ein kleines Häufchen Mütterlein und war sprachlos. Um sie herum hatte sie ihre Tüten aufgereiht und achtete mit Argusaugen darauf, dass ihr niemand die Schnäppchen klaute. Es mussten Schnäppchen sein, warum sonst hätte sie so viel gekauft? Ich traute meinen Augen nicht. Wie hatte sie das nur in der kurzen Zeit geschafft? Ich bremste und blieb direkt vor ihr stehen. Selbstverständlich durfte ich hier nicht halten. Nervös sah ich mich um, ob die Polizei ihre Streife in dieser Gegend absolvierte. Ich stieß die Autotür auf und rief meiner Mutter zu: »Steig schnell ein, Muddi.«

Umständlich versuchte sie, ihre Tüten aufzunehmen.

»Nu hilf mir doch mal, Barbara! Du siehst doch, dass ich es nicht alleine schaffe.« Käthe fluchte inzwischen wie ein Bierkutscher.

»Käthe, ich kann hier nicht aussteigen. Du hast doch auch alles herbringen können, nun stell dich nicht so an.«

Ärger stieg in mir auf. Es war wirklich nicht zu fassen. Mit ihrer Last auf beide Arme verteilt versuchte sie doch tatsächlich, die Beifahrerseite zu erobern. Mitten in der Tür blieb sie stecken. Bei Elsas Kleinwagen sicher keine Überraschung. Ich war mir gewiss, später würde ich mit den anderen darüber lachen, aber erst später. Nun blaffte ich meine Mutter sauer an.

»Was zum Teufel machst du denn da! Steig aus und hau den Kram in den Kofferraum.«

»Ist gut, Kind«, schniefte sie. »Ich komm hier nicht mehr raus …«

Mir blieb nichts anderes übrig, ich musste nun doch aussteigen. Ich ging um den Wagen herum und zerrte eine Tüte nach der anderen aus dem Mensch-Tütenknoten heraus. Zum Schluss war Käthe auch wieder draußen.

»Einsteigen!«, befahl ich und warf ihr einen bitterbösen Blick zu. Hinter mir ertönte ein Hupkonzert. Eine nicht unbeachtliche Schlange hatte sich gebildet. Nun war mir auch fast zum Heulen. Muddi saß wie Königinmutter, ihre Handtasche auf dem Schoß, im Auto.

»Kindchen, beeile dich, die werden hier schon fürchterlich böse.«

Ich ließ den Kofferraumdeckel zuknallen und setzte mich schäumend vor Wut hinter das Steuer.

»Gottchen, Babs, das war ja eine Aktion.« Sie tätschelte meinen Arm und erntete einen finsteren Blick von mir. Ich legte den ersten Gang ein und brauste los.

Schweigend legten wir den Weg zum Anwesen der Brands zurück. Zu unserem Glück hatte Frau Holle ein Einsehen mit uns und legte eine Pause ein. Die Sonne bot uns zur Versöhnung eine herrliche Sylter Winterlandschaft. Holpernd passierte ich die Auffahrt. Dabei wäre das Auto fast aus der Spur gerutscht. Erleichtert, heil angekommen zu sein, stiegen wir aus.

Wir staunten nicht schlecht, als wir ein großes Pferdegespann sahen. Peter hatte eine große Kutsche geordert, Stan und Olli standen in Warteposition davor. Mit großen Schritten kam mein Traummann mir entgegen. Liebevoll nahm er mich in die Arme und führte mich zum Kutschbock.

»Ich befürchtete schon, ihr kommt nicht wieder. Wo habt ihr nur gesteckt?«

Ich tat die Frage mit einer Handbewegung ab. »Frag lieber nicht. Was haben wir denn vor?« Fröhlich klopfte ich Stan und Olli.

»Wir machen eine Verlobungsfahrt zur Strandsauna. Damit wir uns vor dem Fest noch mal den Wind um die Nase wehen lassen können.«

»Und was ist mit Elsa? Die lässt doch ihre Gans nicht allein«

»Doch.« Überrascht sah ich zu Henrik, der schon bereit zum Einsteigen war. Er hatte eine alleinstehende Nachbarin gebeten, sich um das Essen zu kümmern. Für ein großzügiges Gehalt und eine herzliche Einladung, am Festmahl teilzunehmen. Ich hatte keine Ahnung, wie Henrik das geschafft hatte, aber ich fand die Idee großartig. Peter hatte kuschelige graue Wolldecken besorgt. Ein Dach schützte die Insassen vor Schnee und Regen. Wärmflaschen und ein Korb mit Bechern sowie Glühwein und heißer Schokolade standen bereits in der Kutsche. Ich strahlte Piet an. Ich freute mich auf den unverhofften Ausflug mit der ganzen Familie.

Gunther schmunzelte, als er Käthe beim Hereintragen der Einkäufe behilflich war.

»Du Verrückter«, flüsterte ich Peter zärtlich zu. Er küsste meine Nasenspitze und streichelte über mein Haar. Dann ging er zu den anderen und forderte alle auf einzusteigen. Überglücklich ließ ich mir helfen, den Kutscherplatz zu erklimmen. Bis auf Käthe sah ich ausschließlich in leuchtende Augen.

»Muddi, was ist los? Hast du deinen Bummel in der Einkaufsstraße noch nicht verdaut?«

Sie ließ mir einen vorwurfsvollen Blick zukommen. Zur Belohnung schenkte ich ihr ein Lächeln.

Frau Pauli, unser Glückstreffer in Sachen Gans, winkte und sah uns nach, bis wir außer Sicht waren. Freddy Quinn und Co klangen aus dem CD-Player und berieselten uns mit Weihnachtsmusik. Hoffentlich waren die Batterien schnell leer. Elsa und Muddi schienen die Klänge zu gefallen. Mit einem verklärten Lächeln lauschten sie der Musik und kuschelten andächtig mit ihren Liebsten. Bella und Chris schützten ihre Ohren mit Kopfhörern, die ihre Lieblingsmusik für alle anderen verborgen hielten. Ich seufzte. So war Familie schön. Peter lenkte das Gespann mit einer Hand. Mit dem freien Arm hielt er mich umschlungen.

»Piet! Hallo! Ich muss noch Geschenke einpacken. Hast du eine zeitige Rückfahrt eingeplant?«

Gunther küsste Muddi auf den Mund und brachte sie so zum Schweigen. Ich kicherte. Unverbesserlich, meine Mutter. Peter hatte jedoch Verständnis.

»Wir werden gegen fünfzehn Uhr zurück sein. Käthe, mach dir keine Sorgen und genieße die Fahrt.« Verschmitzt grinste er mich an.

»Schleimer«, raunte ich.

Peter lenkte Stan und Olli in Richtung Weststrand/Ellenbogen. Wir genossen die Fahrt in der Dünenlandschaft, obwohl unsere Nasenspitzen vor Kälte leuchteten. Eine Handvoll Fußgänger war schon wieder auf dem Rückweg. Menschenleer lag die geschlossene Strandsauna verborgen in der Winterpause. Peter brachte die Pferde zum Stehen und sprang hinunter.

»Glühwein? Die Damen?« Ohne eine Antwort abzuwarten, füllte er die Becher mit Heißgetränken.

»Mama, wir laufen runter zum Wasser«, rief Bella mir zu und huschte schon mit ihrem Bruder durch die Dünen. Der heiße Glühwein wärmte wohltuend und der Alkohol darin ließ uns herumalbern. Muddi drückte mich an ihre Brust und flüsterte mir eine Entschuldigung ins Ohr.

»Es tut mir auch leid, Muddi. Ich war etwas streng.«

»Stimmt«, rutschte ein kichernder Kommentar über ihre Lippen. Der Rest unserer Familie wurde nun eingeweiht in

Käthes Shopping-Desaster. Wir lachten Tränen und vergaßen die Zeit. Bella und Chris' Köpfe guckten aus den Dünengräsern hervor.

»Haben wir etwas verpasst?« Verblüfft über unser Gekicher kamen sie näher. Das wiederum löste erneut lautes Gelächter aus.

»Nur ein wenig«, prustete ich und bemerkte plötzlich, wie kalt es eigentlich war. Der Wind hatte zugenommen und fegte erbarmungslos durch meinen Mantel. Henry baute sich in voller Größe auf und schlug vor, den Rückweg anzutreten. Niemand widersprach ihm. Gut gelaunt nahm jeder seinen Platz ein und wir freuten uns bereits auf das Festmahl. Peter ließ die Zügel locker, so dass Stan und Olli mit tosendem Galopp eine kurze Wegstecke ihrer Bestimmung folgen konnten.

»Peter! Achtung! Sofort anhalten«, schrie ich gegen den Wind in seine Richtung. »Da, das Rad! Es bricht!« Entsetzt sah ich ihn an. Piet ließ die Pferde sofort stoppen.

»Unsinn, Babs, das ist nicht möglich. Der Mietstall hat mir versichert, dass alles in Ordnung …« Er brach ab, als er den Schaden erblickte.

»Verdammter Mist. Wer hat ein Handy dabei?«, rief er gegen den immer heftiger werdenden Sturm an. Schweigen. Jeder von uns brachte einen Haustürschlüssel zu Tage. Ein Handy war nicht dabei. Selbst Bella und Chris, die nie ohne ihr Telefon das Haus verließen, fühlten sich plötzlich nackt ohne ihr Tor zur Welt. Peter raufte sich die Haare. Henrik kratzte sein Schienbein. Keine Ahnung, warum eine Kratzplage ausbrach. Aber damit konnten wir alle dienen. Mir juckte der Rücken, nur leider kam ich nicht dran.

»Ich muss mal«, jammerte Bella.

»Ich auch.«

»Ich auch.«

»Ich wäre auch nicht abgeneigt«, piepste mein Mütterlein.

»Könnt ihr mal aufhören, gleich muss ich auch«, zischte ich ungehalten.

»Nun, hier stört euch niemand«, brummte Henry amüsiert. Gunther gesellte sich an meine Seite.

»Barbara, ich hätte ein Handy dabei.« Warum er mir das ins Ohr flüsterte, war mir nicht klar.

»Großartig, Gunther, her damit«, rief ich begeistert.

»Pst … der Akku ist leer.« Besorgte sah er mich an.

»Lass mal sehen, Gunther.« Peter nahm Gunther die Rettungsstation aus der Hand. Resigniert schüttelte Piet sein Haupt. »Mausetot.«

Er sah sich nach Henrik um. Aber auch der Bräutigam konnte nicht helfen, so gern er es getan hätte.

»Und nun?« Ich sah zu Peter auf, in der Hoffnung, eine Erleuchtung in seinen Augen zu entdecken. Gunther begleitete Käthe hinter eine Düne. Er half ihr dabei, sich zu erleichtern. Nach und nach wechselten die Dünenanbeter. Zum Schluss versteckte ich meinen durchgefrorenen Körper in der Winterlandschaft. Stolpernd gesellte ich mich wieder zu meiner Familie. Es war dunkel geworden und wir sahen die Hand vor Augen nicht. Chris entdeckte den Schalter der Lichterkette an der Kutsche. Warmes Licht erhellte unser Lager. Hoffentlich nicht unser Nachtlager.

»Wir laufen«, bestimmte Henry. Käthes Jammern überhörte er sicherheitshalber.

»Die Pferde nehmen wir aber auch mit«, protestierte Bella lautstark.

»Natürlich, was dachtest du denn?« Chris gab seiner Schwester einen Knuff. Plötzlich trat Henry an meine Seite.

»Hast du deinen Autoschlüssel bei dir?« Verständnislos sah ich ihn an.

»Ja.«

»Gib ihn mir bitte.« Wortlos holte ich mit klammen Fingern das Verlangte aus meiner Jackentasche. Er löste den

Schlüsselring und gab mir den Rest zurück. Henry erhob die Stimme.

»Alle mal herkommen. Hier zum Licht. Stan und Olli sollen auch dabei sein.« Mit ratlosen Gesichtern krochen wir dichtgedrängt zusammen. Im Schein der schwächer werdenden Beleuchtung wirkten wir alle blass und müde. Henry nahm Elsa in seine starken Arme und gab ihr sanft einen Kuss auf die Stirn. Er sprach mit gedämpfter Stimme. Mit angehaltenem Atem lauschten wir gespannt seinen Worten.

»Liebe Familie, meine allerliebste Elsa.« Er machte eine feierliche Pause. »Da ich nicht weiß, wann wir zu Fuß unsere warme Stube erreichen, möchte ich euch und vor allem Elsa nicht länger warten lassen.«

Etwas schwerfällig kniete er nieder, nahm Elsas Hand zärtlich in seine und sah meine Tante verliebt an.

»Liebe Elsa, ich möchte heute unsere Verlobung bekanntgeben und frage dich, vor der gesamten Familie. Willst du meine Frau werden?«

Elsa gab ein Schluchzen von sich. Sie zitterte nun nicht nur vor Kälte. Sie nahm Henrys Gesicht in beide Hände und gab ihm einen langen, sinnlichen Kuss.

»Ja, mein Lieber«, hauchte sie ergriffen. Er steckte ihr den Schlüsselring an den Finger, mit dem Versprechen, unter dem Christbaum einen richtigen Ring zu bekommen.

Plötzlich war ich umringt von lauter Heulsusen, natürlich stimmte ich mit ein. Henry erhob sich aus seiner unbequemen Lage und wischte verstohlen die Tränen fort, bevor er Elsa hochhob und sie herumwirbelte. Wir klatschten begeistert in die taub gewordenen Hände und gratulierten dem glücklichen Paar. Peter löste sich aus unserer Umarmung.

»Wir müssen nun wirklich den Heimweg antreten, sonst sind wir morgen erfroren.« Wir hielten und alle an den Händen, Stan und Olli zwischen uns, und begannen den mühseligen Weg in Richtung List. Trotz der immer stärker werdenden

Kälte bildeten wir eine lustige Einheit. Alle mit dem gleichen Ziel. Nach Hause.

»Kann bei uns auch mal etwas normal laufen?«, raunte ich Peter zu.

»Nee, das würde ja auch schnell langweilig werden«, grinste er. Seine roten Ohren hätten uns auch den Weg weisen können, wenn nicht schon aus der Ferne die Suchscheinwerfer der Polizei aufgeblitzt wären. Käthe zupfte aufgeregt an meinem Mantel.

»Schau mal, dort! Man sucht uns, wir werden gerettet«, quietschte sie vor Freude. Wir waren zwar alle erleichtert, aber Käthe brachte uns trotzdem zum Lachen. Frau Pauli hatte in großer Sorge die Polizei alarmiert, sie kannte zum Glück unsere Route. Die beiden jungen Polizeibeamten grinsten uns an.

»Moin, wollen Sie hier Weihnachten feiern? Oder dürfen wir Sie nach Hause bringen?«

»Nach Hause«, stöhnten Elsa und Käthe gleichzeitig. Peter hielt mich zurück.

»Liebes, ich komme mit den Pferden nach, setz du dich zu ihnen.« Er wies auf die geöffnete Schiebetür des VW-Busses.

»Kommt nicht in Frage, ich bleibe bei dir. Das Auto ist ohnehin schon voll besetzt.«

»Sei bitte nicht unvernünftig, ich komme schon klar.« Besorgt sah er mich an.

»Ich auch. Ich bleibe bei dir. Punkt.«

Die Rücklichter des Fahrzeugs wurden immer kleiner, bis wir sie nicht mehr erkennen konnten. Es war ohne Zweifel hilfreich, dass die netten Beamten eine Taschenlampe daließen. Außerdem versprachen die Hüter des Gesetzes, noch einmal zurückzukommen, um nach dem Rechten zu sehen. Stan und Olli an der Führleine rahmten uns von beiden Seiten ein. Das bot uns etwas Schutz vor dem Wind. Trotzdem wurde die Kälte immer unerträglicher. Mit dünner Stimme fragte ich Peter: »Sag mal, kann man die Pferde auch reiten?«

»Ich habe es noch nicht ausprobiert, sie wurden mir als Gespann-Team verkauft. Kannst du denn reiten?« Verwundert sah er zu mir herüber.

»Weiß ich nicht, habe es noch nie probiert.« Ich grinste ihn herausfordernd an. Peter lachte.

»Kommt überhaupt nicht in Frage. Mein Bedarf an Katastrophen ist ein für alle Mal gedeckt.«

»Ich wollte auch nicht gleich eine Katastrophe, aber ein Versuch wäre es doch wert. Oder?«

Piet sah mich an, als ob ich nicht ganz bei Trost wäre. Mir war es jedoch ernst. Warum sollten wir laufen, wenn die Pferde uns begleiteten? Ich steuerte auf eine Düne zu und führte Stan dorthin. Mutig kletterte ich die Düne hinauf und hielt kurz inne.

»Reich mir bitte eine Hand, Peter.«

Nun schob ich ein Bein über den Rücken des Tieres und zog mich an der Mähne hoch. Stan wurde unruhig und tänzelte hin und her.

»Nimm die Zügel«, rief ich gegen den Wind. Peter machte einen besorgten Eindruck. Ihm war gar nicht wohl bei der Sache. Beruhigend sprach er auf das Tier ein. Langsam setzte ich mich ganz auf den wärmenden Rücken unseres Retters. Ich strahlte Peter an.

»Nun musst du nur noch versuchen, Olli zu überreden«, lachte ich übermütig. Skeptisch sah Peter zu mir herauf. Noch wussten wir nicht, ob Stan mich weiterhin auf seinem Rücken dulden würde. Ollis Zügel in der linken Hand und Stans in der rechten, ging Peter einige Schritte. Ich schnappte mir die Zügel und trieb Stan vorsichtig an. Mit angehaltenem Atem beobachtete ich das Pferd. Es machte keine Versuche, mich abzuwerfen.

»Du bleibst aber im Schritt, auf keinen Fall schneller«, wies Peter mich an. Ohne Sattel wäre es ohnehin eine schmerzhafte Angelegenheit geworden. Ich verzichtete gerne auf das Gepolter unter mir. Olli scheute plötzlich. Nur mit Mühe gelang es Piet, ihn zu beruhigen.

»Was war los?«, fragte ich entsetzt. »Alles in Ordnung?«

»Alles bestens, aber Draufsetzen kannst du vergessen.«

Stan ließ sich von mir zurück zur Düne lenken, er reagierte zuverlässig auf die Zügel. Ich war stolz auf mich, schließlich kannte ich die Befehle und Zügelführung nur aus dem Fernsehen. Vielleicht noch aus Büchern, aber ich selbst hatte noch nie eine hautenge Beziehung zu Pferden gehabt.

Ich forderte meinen Traummann auf, zu mir aufs Pferd zu steigen. Er schüttelte zuerst den Kopf, ließ sich dann aber doch auf das Abenteuer ein. Er gab mir die Zügel von Olli in die Hand. Ab sofort war Stan mein Held. Er gestatte Peter aufzusteigen und blieb ruhig. Wir lachten glücklich über unseren Erfolg. Aneinandergekuschelt, mit Olli im Schlepptau, ritten wir durch die im Dunkel liegenden Dünen. Ein bisschen kam ich mir vor wie in dem Film *Drei Nüsse für Aschenbrödel*. Mein Prinz hielt mich warm und sicher. Nur Stan war alles andere als ein Schimmel. Aber dafür ein treuer Gefährte.

»Peter?«

»Hm?«

»Ich liebe es, mit dir Abenteuer zu bestehen.« Meine Stimme wurde leiser. »Ich liebe dich.«

Mein Prinz hielt mich noch ein wenig fester und küsste meine Wange. Liebevolle Blicke gaben mir ein Gefühl von Wärme.

Auch der längste Ritt hatte einmal ein Ende. Wir erreichten erleichtert das Brand-Anwesen. Durchgefroren und hungrig versorgten wir die Pferde im Stall. Stan bekam von mir eine Extraportion Hafer.

Peters Geheimnis

Die Weihnachtsfeiertage vergingen wie im Flug. Turbulente, besinnliche und heitere Stunden lagen hinter uns. Nun liefen die Vorbereitungen der Inselhochzeit auf vollen Touren. So familiär wie die Verlobung würde die Eheschließung jedoch nicht stattfinden. Henriks Hinweise auf einen kleinen Rahmen nahm ich nun nicht mehr so ernst wie bei unserer ersten Begegnung. Im Anschluss an die standesamtliche Trauung war ein Empfang und später eine rauschende Ballnacht geplant, die es vorzubereiten hieß. Wir Frauen der Familie mussten unsere Garderobe auffrischen. Elsa hatte ihr Brautkleid schon vor Weihnachten mit ihrer Schwester gekauft. Sie bestand darauf, es Henry nicht vorher zu zeigen. Käthe war besonders stolz über die Ehre, als Einzige zu wissen, wie die Braut aussehen würde. Bella und Chris blieben auf der Insel und kosteten ihre Semesterferien aus. Sie ließen keinen Stress an sich herankommen. Auszeit, nannte man das wohl.

Ich hingegen war beunruhigt. Peter verließ frühmorgens das Haus und kam erst mittags zurück. Müde, verschwitzt und nicht sonderlich ansprechbar. Manchmal sogar gereizt. Da er in sportlicher Kleidung unterwegs war, konnte ich davon ausgehen, dass er keiner geschäftlichen Tätigkeit nachging. Ein zarter Keim aus Eifersucht wuchs in meinem Innersten. Am Anfang unmerklich, dann aber schmerzlich bewusst. Momente, in denen ich allein war, nutzte ich, um wie ein Tiger auf und ab zu laufen. Käthe hatte meine Gemütslage schnell erkannt und beobachte mich heimlich aus der Ferne, sprach mich aber nicht an. Peter erntete zuweilen böse Blicke aus ihrer Richtung, die er zu ignorieren schien. Auch um mich machte er zeitweise einen Bogen. Das schlechte Gewissen stand ihm ins Gesicht geschrieben. Wenn ich ihn ansprach, zuckte er zusammen und zog die Schultern hoch.

Was war nur los? Hatte er plötzlich das Interesse an mir verloren? Äußerlich übte ich mich in Gelassenheit. Innerlich änderte sich meine Gemütslage stündlich. Von tieftraurig bis vor Wut kochend. Am liebsten hätte ich mich irgendwo verkrochen und meine neueste Errungenschaft, das Heulsusensyndrom, ausgelebt. Es fehlte jedoch an Zeit dafür. Henrik bat mich, ihn zu begleiten, um die Blumen für Elsa zu bestellen, Käthe brauchte jede Menge Ratschläge für ihre Garderobe und Gunther wich kaum noch von meiner Seite. Er wollte mich sogar begleiten, als ich zum Friseur ging. Um hin und wieder meine Ruhe zu haben, ging ich, öfter als ich sowieso musste, zur Toilette. Dort hockte ich auf dem geschlossenen WC-Deckel und starrte vor mich hin.

Um mich abzulenken, fuhr ich nach Westerland und ging ziellos durch die Einkaufsstraße, um später in einem Café trübsinnig, mit der Kaffeetasse in der Hand, zu grübeln. Ich saß am Fenster und beobachte die Fußgänger mit ihren Einkaufstüten. Der Umtauschwahn nach den Feiertagen war in vollem Gang. Ich hatte Mitleid mit den Verkäuferinnen, die gleich nach den freien Tagen gestresst sein würden. Ich glaubte, eine mir sehr gut bekannte Person draußen zu erkennen. Ich beugte mich näher an das Fenster heran, nicht ohne mir den Kopf zu stoßen. Es rumste nicht nur wegen der Fensterscheibe in meinem Hirn. Ich sah Piet. Er begrüßte freudestrahlend eine junge, schlanke Frau mit einem Kuss. Sie war fast noch ein Kind. Sie umarmten sich und gingen, fröhlich eingehakt, in das gegenüberliegende Gebäude.

Er ist ein Frauenheld … Frauenheld … hämmerte es laut in

meiner überstrapazierten, gestressten Birne. Barbara Kleinschmidt, du bist eine unverbesserliche Träumerin. Wann war ich noch mal dazu geworden? Wie sollte so eine schnelle Romanze auch enden? Schließlich ist das dritte Date das Sex-Date, meine Freundinnen hatten das zumindest immer behauptet. Meine langjährige Ehe hatte mich diese Weisheit aus Jugendzeiten vergessen lassen. Pah, von wegen, erwachsen. Jetzt wusste ich, dass an dieser These immer noch etwas dran war.

Ich wurde in die Realität geschleudert. Da war er. Der Aufprall, auf den ich eigentlich nicht mehr gewartet hatte. Mir schoss meine Anstellung bei Gericht ins Gedächtnis. Wenigstens war ich so vorsichtig gewesen, mich auf Zeit beurlauben zu lassen. Mein vermietetes Haus … ich war erschüttert. In meinem Glauben an die Liebe, meine Zukunft auf Sylt, vor allem aber in meinem Vertrauen.

Mein Beruf als Richterin hatte mich schon oft in Situationen geführt, in denen ich mich, meine Gefühle und meine Wünsche zurückstellen musste. Darin war ich geübt. Unmöglich wollte ich Elsa den Tag verderben. Ich raffte mich auf, zahlte meinen Kaffee und verließ das warme Café. Als die Kälte der Einkaufsstraße mich empfing, war ich nicht überrascht. Sie herrschte bereits in meinem tiefsten Innersten. Mistkerl. Morgen war Elsas großer Tag. So lange musste ich mich zusammenreißen.

Bei meiner Rückkehr empfing Muddi mich überschwänglich.

»Kind, wo hast du gesteckt? Du bist ja ganz durchgefroren. Komm in die Küche, ich mache dir einen Tee.« Plappernd ging sie vorweg und begann sofort mit der Zubereitung des heißen Teewassers. »Ich freue mich so auf die morgige Hochzeit. Peter ist ja so ein süßer Schwiegersohn. Du hast das ganz große Los gezogen.«

»Genau, Muddi«, dachte ich, »du hast ihm doch von Anfang an misstraut. Ich hätte ausnahmsweise auf dich hören sollen.« Laut sagte ich: »Danke, Muddi, schön, dass du es auch so siehst.«

Es kostete mich übermenschliche Kräfte, mich auf die Plaudereien meiner Mutter einzulassen. Auf unerklärliche Weise gelang es mir. Mein stilles Örtchen fiel mir wieder ein und ich besuchte es fluchtartig. Ich überprüfte den Toilettendeckel auf Stabilität. Bei der letzten Sitzung hatte es schon protestierend unter mir geknackt. Das fehlte mir noch, dass ich hier etwas zerstörte. Außerdem richtete sich meine Zerstörungswut gegen jemand anderen. Ich beschloss, dass das kleine Gästebad nicht die Lösung sei, und raffte mich auf, warf einen prüfenden Blick in den Spiegel und zeigte meinem Spiegelbild eine Grimasse. Dann ging ich durch die Diele zurück zur Küche. Als ich Käthes aufgebrachte Stimme hörte, blieb ich abrupt stehen und lauschte.

»Das kann er ihr doch nicht antun! So kurz vor der Hochzeit. Ich sehe es ihr deutlich an, sie riecht den Braten doch. Dieses Getue um Babs herum. Die ist doch nicht blöd.«

»Ist doch nur noch bis morgen«, lautete Gunthers Kommentar. »Peter hat eindringlich darum gebeten, ihr nichts zu verraten, auch wenn ich gestehen muss, dass es mir nicht leichtfällt.«

»So wie Mama aussieht, ist es kein Spaß mehr.« Bella. Was zum Teufel reden die da? Am meisten enttäuscht war ich von Gunther. Ich näherte mich der Küche und hielt kurz die Luft an. Dann schlug ich mit voller Wucht die flache Hand gegen den Türrahmen. Alle fuhren vor Schreck zusammen. Meine Hand schmerzte höllisch.

»Was soll ich noch nicht wissen?«, donnerte ich mit lauter Stimme. Meine Stimmbänder flatterten kläglich. Wenn man wirklich mit offenen Mündern Fliegen fangen könnte, hätten wir die größte Fliegenfalle der Welt in Elsas Küche.

Ich zitterte und klapperte und bot einen erbärmlichen Anblick. Ich war einem Zusammenbruch nahe. Meine liebsten, vertrautesten Menschen wollten mich dem Anschein nach ins Messer laufen lassen. Peters sanfte Stimme ertönte hinter mir und er nahm mich von hinten in die Arme. Für einen Augenblick wurde mir schwindelig. Es tat so unendlich gut, Piets starke Arme zu spüren. Dann knallte die Sicherung durch. Ich riss mich aus der Umklammerung, stieß ihn von mir und ging mit Fäusten auf ihn los.

»Warum verarscht ihr mich alle!«

»Pst … Barbara, bitte beruhige dich …«

»Siehste, ich hab doch gesagt, das ist sch…« Käthe brach ab und sah mich unter Tränen an.

»Jetzt mal Ruhe«, befahl Henry, der plötzlich in voller Größe zwischen uns in der Küche stand. »Peter, nun kläre Babs auf. Es ist ja nicht mehr zum Aushalten.«

Gespannt sah ich von einem zum anderen. »Ich habe dich heute in Westerland gesehen«, brachte ich heraus.

Peter wurde blass. Er nahm meine Hand, die ich ihm rasch wieder entzog.

»Wir wollen doch Hochzeit feiern«, begann er kleinlaut.

»Wir …«, erwiderte ich tonlos. Dabei meinte ich Peter und mich.

»Mit dir in den siebenten Himmel … tanzen.« Er schluckte. »Ich kann aber nicht … tanzen.«

Peng! Ich musste Peter total bescheuert angesehen haben. Regungslos stand ich nun da, in der Runde meiner Lieben, die alle die Luft anhielten.

»Baby, ich nehme Tanzunterricht. Heimlich. Ich wollte mich doch nicht blamieren. Nun habe ich dich unglücklich gemacht, genau das Gegenteil wollte ich damit erreichen.« Schuldbewusst sah er zu Boden. Allen entwich die Luft, so dass gefühlt ein mittlerer Sturm aufkam.

Schweigen. Flaute. Niemand traute sich, etwas zu sagen. Hinten am Esstisch entstand ein leises Kichern, das zu prustendem Lachen anschwoll. Bella und Chris. Sie konnten nicht mehr aufhören. Dieser Lachflash wirkte ansteckend. Peter traute sich als Letzter einzustimmen. Muddi hielt ihren Bauch und schnappte nach Luft.

Peter kam vorsichtig näher. Die Schuld in Person. Er riskierte Blickkontakt mit mir. Nun war es an mir, den Boden zu durchlöchern. Ich konnte mich nicht gegen ein aufkommendes schlechtes Gewissen wehren. Wie war es nur möglich gewesen, dass ich über alle Maßen misstrauisch gewesen war?

»Warum machst du denn so etwas?«, hörte ich meine leise Stimme.

»Weil du meine Traumfrau bist und ich dich nicht wie ein Trampel übers Parkett schleifen wollte«, sagte er kleinlaut. Mit meinem vollen Kampfgewicht warf ich mich an Peters Brust. Angekommen! Der zweite Akt. Wir bekamen sogar Beifall. Ein Räuspern aus Henrys Richtung kündigte seinen Sprechwunsch an.

»Ich bin froh, dass wir nun endlich wieder zur Tagesordnung übergehen können.«

Tages… was? Ständig wurde die in unserer Familie geändert. Normalität, Langeweile oder Beständigkeit gab es nie. Bei Kleinschmidt und Co ging es meistens turbulent zu. Elsa schob ihren Körper durch die Menge und kündigte die Kaffeerunde an.

»Hoffentlich geht morgen alles ohne Pannen ab, noch ein Radbruch oder Reifenschaden halten meine Nerven nicht aus.«

»Käthe!« Alle riefen im Chor.

»Na ja, ich mein …«

»Muddi!«, rief ich dazwischen. »Nicht den Teufel an die Wand malen. Bitte.« Ich lächelte sie besänftigend an.

»Schon gut, schon gut, ich sag nichts mehr.« Gunther gab ihr einen Kuss und grinste sie an.

»Morgen gibt es keine Pannen.« Er wurde mit einem süßen Lächeln von Muddi belohnt.

»Kannst du jetzt eigentlich tanzen, Piet?« Bella reichte Peter den Arm, so als ob sie ihn zur Tanzfläche führen wollte. Alle blicken gespannt zu meinem Traumtänzer. Der sonst so sichere Barfußsprinter wurde verlegen.

»Na ja …«, zögerte er. »Sagen wir mal so, mit Schuhen habe ich Angst um eure Füße.« Alle lachten vergnügt. Langsam ging ich auf Peter zu. Küsste seinen sinnlichen Mund und sah ihn verliebt an.

»Meine Füße sind wie Stahl, denen kannst du so leicht nichts anhaben.« Peter blinzelte mich an.

»Entschuldige, dass ich dir Kummer bereitet habe. Geheimnisse lassen wir ab sofort aus dem Spiel. Versprochen.«

»Das will ich dir auch geraten haben.« Ich kicherte albern und erleichtert.

»Können wir nun endlich Kaffee trinken? Ich habe noch einen Friseurtermin. Ich fürchte, heute Nacht muss ich im Sitzen schlafen.«

Meine kleine Tante streckte sich zu ihrer vollen Größe, um an uns vorbeizukommen. Eine große Torte kam zum Vorschein. Mit Ahs und Ohs wurde das Kunstwerk begrüßt. Wir Frauen fürchteten um unsere Kleidergrößen.

Elsa und Henrik

Obwohl zwei Bäder im Hause Brand zur Verfügung standen, gab es am Hochzeitsmorgen Gedränge vor den Beauty-Zellen. Nervosität war bei jedem zu spüren, aber bei Henry und Elsa lagen die Nerven blank. Belustigt verfolgte ich ihre Versuche, ein Frühstück zu sich zu nehmen. Mein Tantchen war zuweilen etwas blass um die Nase. Käthe huschte wie ein aufgescheuchtes Huhn durchs Haus und wartete ab, dass es Zeit wurde, der Braut beim Anziehen behilflich zu sein. Es genügte lediglich ein Augenkontakt und die Schwestern zogen sich zurück ins Schlafzimmer. Die Spannung stieg.

Unsere Männer waren schon fertig, damit sie nicht im Bad einen Stau verursachten. Ich hatte mein Make-up aufgelegt und die Haare gestylt, als ich mich entschied, den Rest hübsch zu verhüllen. Mein langes Kleid aus dunkelblauer Seide saß wie angegossen. Ich wählte passende Unterwäsche mit Spitze. Frau weiß ja nie …

Wir versammelten uns alle in der großen Diele und warteten ungeduldig auf die Braut. Henry versuchte, seine sonst so gelassene Art aufrechtzuerhalten. Er schwitzte, fror und zitterte abwechselnd. Ich ging zu ihm und hakte mich bei ihm ein.

»Komm, Henrik, ich warte jetzt mit dir auf deine Braut. Sie wird sicher wunderschön aussehen«, sprach ich leise. Ihm blieb ein Kloß im Halse stecken.

»Danke, Babs.« Er räusperte sich. »Ich bin glücklich.« Ich drückte seinen Arm.

»Wir kommen!«, trällerte Muddi von oben. Alle Blicke waren zur Treppe gerichtet. Henrik schluckte schwer und ich verstärkte den Druck auf seinen Arm. Ich spürte seinen Puls. Elsa erschien auf den Treppenabsatz und verharrte ein Weilchen. Geklammert an Käthe, schritt sie vorsichtig die Stufen herunter. Mit feuchten Augen sah sie uns entgegen. Ich schluchzte auf. Schnell tupfte ich die Tränen mit einem Papiertaschentuch trocken.

»Na, Mama, schminkst du dich schon mal ab?« Bella stand plötzlich neben mir.

»Sieh mal, wie schön unsere Elsa ist.«

»Omi ist aber auch nicht ohne«, bemerkte Chris anerkennend. Elsa trug ein cremefarbenes Etuikleid aus Seide. Ein Chiffongürtel in Lila betonte ihre Taille. Sie hatte sogar ihre Fingernägel cremeweiß lackiert. Muddi schwebte ausnahmsweise mal nicht in Rosa, sondern sie trug ein lindgrünes Kleid. Diese Farbwahl versetzte mich in Erstaunen. Es gefiel mir aber sehr gut. Unten angekommen, nickte Elsa mir zu.

»Babs, würdest du …?«

Ich eilte zu ihr und löste Muddi ab. Ich durfte sie die letzten Schritte zu ihrem Verlobten begleiten. Ich nahm ihre feuchtwarme Hand, die leicht zitterte. Ermutigend lächelte ich ihr zu. Der Bräutigam sah uns ergriffen entgegen. Wieder einmal wurde mir bewusst, wie sehr ich meine Tante liebte. Mit erhöhtem Puls übergab ich Henrik seine Liebste.

»Wie schön, du bist meine Sonne«, flüsterte er überwältigt.

»Henry …«, wisperte Elsa. Mit leuchtenden Augen nahm sie ihren Brautstrauß entgegen. Rote und cremefarbene Rosen.

Bella hatte Gläser mit perlendem Sekt vorbereitet und reichte jedem eines zur Lockerung. Piet nahm nur einen kleinen Schluck. Er musste das glückliche Paar schließlich zum Standesamt fahren. Stan und Olli bekamen einen freien Tag. Henry wollte auf Nummer sicher gehen und bestellte eine

Limousine ohne Fahrer, denn diese Ehre sollte seinem Neffen zuteilwerden. Es wäre ohnehin zu kalt gewesen, um in einer offenen Kutsche bis Westerland zu fahren.

Das Westerländer Standesamt lag schneebedeckt im strahlenden Sonnenschein vor uns. Das Gebäude stammte aus der Zeit um 1898. Im Innersten wies der rote Teppich den Weg ins Trauzimmer. Dort wartete schon die Standesbeamtin, Frau Weißental, auf das Paar.

Freundlich wurden wir begrüßt. Für Elsa und Henry war ein Barocksofa reserviert. Ich wünschte mir nun doch eine schnelle Abwicklung, denn inzwischen wurde Elsa immer nervöser und ihr Gesicht wirkte trotz Make-up sehr blass. Liebevoll hielt Henry ihre Hand und flüsterte ihr Worte ins Ohr. Elsa antwortete mit zaghaftem Nicken.

Ein Räuspern von Seiten der Standesbeamtin informierte uns, dass die Zeremonie beginnen konnte. Sie sprach von einem Ruderboot, in dem es nun hieß, einen gemeinsamen Ruderschlag zu finden. Die Aufgabe des Brautpaares bestand darin, im gleichen Rhythmus ihr Leben zu meistern. Sorgen und Kummer zu teilen und ihre glücklichen Stunden in vollen Zügen zu genießen. Natürlich sollte ihnen immer das Glück hold sein und Kindersegen … sie brach ab. Wohl doch zu viel Routine mit ins Spiel gebracht. Schallendes Gelächter machte für Minuten eine Fortsetzung der Trauung unmöglich.

»Das fehlte mir noch«, protestierte Muddi. »Ich werde noch Patentante auf meine alten Tage.« Unweigerlich schwoll das Lachen wieder an. Etwas beleidigt bat die Standesbeamtin darum, fortfahren zu dürfen.

Die Frage, in guten und in schlechten Zeiten, beantwortete Elsa mit erstickter Stimme.

»Ja, ich will.«

Henrik hatte auch keine Einwände und bestätigte ebenfalls mit einem lautem »Ja!«.

Ein zärtlicher Kuss, gefolgt von tosendem Beifall, bildete

den krönenden Abschluss der Liebeshochzeit. Ich gratulierte als Erste.

»Herzlichen Glückwunsch, meine Lieben. Ich freue mich so …« Meine Stimme gehorchte mir nicht mehr. Elsa strahlte mich an.

»Danke, Babs!«

Eine innige Umarmung sagte mehr als tausend Worte. Peter begrüße Elsa als neues Familienmitglied. Elsa öffnete verstohlen ihre Handtasche, um etwas herauszubefördern. Ich konnte nicht erkennen, was es war. Meine Tante flüsterte Peter etwas ins Ohr. Piet ließ den Gegenstand umständlich in der Sakkotasche verschwinden. Bella und Chris schlüpften unbemerkt zur Tür hinaus.

Beschwingt schwebte das Ehepaar zum Ausgang. Schon beim Öffnen der Tür rauschte Reis über die beiden. Rosenblätter segelten zu Boden und verfingen sich in Elsas Frisur. Mir stockte der Atem. In den Bestimmungen des Standesamtes Sylt waren solche Zugaben nicht nur unerwünscht, sondern streng verboten. Elsa und Henry genossen es trotzdem. Die vor wenigen Minuten freundlich lächelnde Frau Weißental stürmte an uns vorbei und teilte ihren Missmut mit, dabei wies sie auf die Putzkammer hin, in der Bella und Chris den Staubsauger finden würden. Gunther kicherte.

»Die Familie Kleinschmidt, immer für eine Peinlichkeit zu haben.«

Meine Kinder stimmten erst einmal nicht in das Gelächter ein. Schließlich waren sie es, die den Heulbesen schwingen mussten.

»Wir warten draußen auf euch«, gluckste Henry und schritt mit seiner Frau im Arm zum Ausgang. Wir waren noch nicht ganz draußen angekommen, da ließ der Staubsauger das alte Gemäuer dröhnen.

»Ich würde es trotzdem immer wieder tun«, vernahmen wir Bellas Stimme, noch bevor sie neben uns stand.

»Hm, war schon ein bisschen peinlich«, brummte mein Sohnemann. Zur Belohnung wurden beide von Elsa geherzt.

»Vielen Dank, ihr habt uns eine große Freude gemacht«, beteuerte sie mit Nachdruck. Vergnügt verteilten wir uns auf unsere Autos und machten uns auf den Weg zum *Kliffkieker*. Henrik hatte noch einmal das gesamte Lokal gebucht. Heftiges Lampenfieber ergriff von mir Besitz, weil ich so große Versammlungen noch immer nicht sonderlich mochte. Peter versprach ritterlich, auf mich aufzupassen.

Es war auch für mich eine wundervolle Ballnacht. Peter hatte doch etwas untertrieben, als er seine Talente auf der Tanzfläche als schlecht einschätzte. Er hielt mich fest und führte sehr gekonnt. Ich schmolz dahin in seinen Armen, unter seinen liebevollen Blicken und den zärtlichen Worten, die er mir zuflüsterte. Ich nahm mir vor, der Dame zu danken, die ihre Füße dafür opferte, um meinem Prinzen das Tanzen zu lehren.

Die Musik spielte bis in die frühen Morgenstunden. Selbst Elsa und Käthe ließen kaum einen Titel aus und schwangen ihre Tanzbeine, als gäbe es kein Morgen.

Erschöpft und müde trat ich vor die Tür. Das Meer grollte in der Finsternis an den Strand. Ich lauschte den Wellen und drehte den kleinen Schlüsselring an meinem Finger. Peter hatte ihn mir noch vor dem Dessert an den kleinen Finger gesteckt. Ganz heimlich, nur für uns. Elsa hatte ihn Peter im Standesamt zugeschoben, mit der Aufgabe, ihn an mich weiterzureichen.

Ich lächelte. An dieser Stelle hatte Peter mich vor einigen Monaten zu einem Nachtspaziergang verführt und aus einer braven Richterin eine … na, was eigentlich? Zu einem leichten Mädchen gemacht? Ein breites Grinsen verzog mein Gesicht. Ich war so verliebt in diesen wunderbaren Mann. Manchmal konnte ich mein Glück immer noch nicht fassen. Ich träumte vor mich hin und ignorierte die vom Meer hereinziehende

Kälte. Bis zu dem Zeitpunkt, als Peter mir fürsorglich seine Jacke über die Schultern legte.

»Traumfrau, ist dir gar nicht kalt?«, hauchte er mir ins Ohr. Ich drehte mich um und ließ mich einfach in die Arme meines Helden sinken.

»Wenn du bei mir bist? Da friere ich nicht, mein Liebling.«

Verschmitzt blickte er zum Strand. »Für eine Nachtwanderung ist es definitiv zu kalt, oder?«

Ich warf den Kopf in den Nacken und lachte. »Definitiv!«

Wir küssten uns und die Musik verstummte. Liebe ist etwas Wunderbares.

Auf die Liebe

* * *

Ende

Liebe Leserinnen und Leser,

ich freue mich, dass Sie »Barfuß am Strand« gelesen haben, und hoffe, es hat Ihnen gefallen!

Wenn Sie wissen möchten, wann mein nächstes Buch erscheint, und sie auch sonst keine Neuigkeiten aus dem Forever Verlag verpassen wollen, melden Sie sich gern unter der folgenden Adresse für den Newsletter des Verlags an: http://forever.ullstein.de/newsletter/

- Auf meiner Facebook-Seite https://www.facebook.com/Anni-Deckner-Autorin-682440441794486/ teile ich regelmäßig Neuigkeiten und auch Textausschnitte mit meinen Lesern. Ich würde mich freuen, Sie dort wiederzutreffen!
- Rezensionen sind für AutorInnen ein wichtiges Feedback und auch für LeserInnen sehr hilfreich bei der Wahl ihres nächsten Buches. Wenn Sie Ihren Eindruck von meinem Buch zusammenfassen und mit anderen teilen, freue ich mich sehr. Ob positiv oder negativ spielt keine Rolle – ich freue mich über jede Rückmeldung!

Danksagungen

An meine Leserinnen und Leser, die mich ansprechen und sich für meine Werke bedanken. Darüber bin ich unbeschreiblich glücklich. Wer meine anderen Bücher noch nicht kennt, »Heimathafen Husum« und »Knocking Out« bescheren Ihnen einen weiteren Ausflug an Husums Nordseeküste.

Ich danke meinen Mann, Thomas, der immer an mich als Autorin geglaubt hat, mich unterstützt und sogar stolz auf mich ist. Ich liebe dich.

Meiner Freundin Elke, die stets auf neuen Probelesestoff wartet und meine erst Kritikerin ist.

Meiner Tochter Nicky, die schon Bücher gelesen hat, bevor sie überhaupt laufen konnte. Sie ist meine stärkste Kritikerin, mit den besten Vorschlägen und Tipps.

Pastorin Diana Krückmann, die auf der Terrasse die ersten Seiten Korrektur liest und mich ermuntert, weiter zu schreiben.

Besonderen Dank an das Forever Team, für die tolle Zusammenarbeit. Ich freue mich auf unser nächstes Projekt.

Ich wünsche Ihnen weiterhin viel Freude beim Stöbern und Lesen! Auf die Liebe.

Ihre / Eure Anni Deckner